企业变革管理

初创阶段的焦点是找能人
发展阶段的焦点是做加法（建流程）
规模阶段的焦点是做量化（流程的细节量化）
高质量运营阶段的焦点是做简法（流程简化）

破局
变革领导力

李新久 著

百年变局，更需变革领导力

企业管理出版社
ENTERPRISE MANAGEMENT PUBLISHING HOUSE

图书在版编目（CIP）数据

破局：变革领导力 / 李新久著 . —北京：企业管理出版社，2020.8
ISBN 978-7-5164-2175-8

Ⅰ . ①破… Ⅱ . ①李… Ⅲ . ①长篇小说—中国—当代 Ⅳ . ① I247.5

中国版本图书馆 CIP 数据核字（2020）第 112842 号

书　　名：	破局：变革领导力
作　　者：	李新久
责任编辑：	郑　亮　宋可力
书　　号：	ISBN 978-7-5164-2175-8
出版发行：	企业管理出版社
地　　址：	北京市海淀区紫竹院南路 17 号　　邮编：100048
网　　址：	http://www.emph.cn
电　　话：	编辑部（010）68701638　发行部（010）68701816
电子信箱：	qyglcbs@emph.cn
印　　刷：	河北宝昌佳彩印刷有限公司
经　　销：	新华书店
规　　格：	145 毫米 ×210 毫米　32 开本　7.5 印张　209 千字
版　　次：	2020 年 8 月第 1 版　2020 年 8 月第 1 次印刷
定　　价：	58.00 元

版权所有　翻印必究　·　印装有误　负责调换

推荐序

变革时代需要变革领导力

2017年10月，中国管理百人会在苏州东沙湖举行，会议专家沙龙论题是"大变革时代中国管理面临的挑战"，李新久是沙龙的五位嘉宾之一。沙龙的话题是"从未来看当下中国管理面临的挑战，从当下看未来中国管理面临的挑战"。他的发言给我留下深刻印象，话语中透露着一种执着和坚定，一种对人性的理解、对人激发而不是控制、对新兴人类极度信任的执着，新兴人类成为职场主力及对技术变化带来的挑战进行大胆的变革的坚定，他是一位有着丰富实战经验的思考者。当时，他是一名在职的大型外资公司的首席运营官和全球事业部首席执行官，正在领导一家万人集团公司的运营管理变革。

现在，阅读李新久的这本《破局：变革领导力》，我对他的印象丰满起来了。

第一，他不是打工式的经理人。作为经理人，他有老板的心态。书中《张总变革手记》所展示的人物张总和王总，顾问师谭总，还有老板，对他们的心理活动描写，没有老板的心态是很难做到角色生动，刻画出神入化的。通过这些角色演绎的变革故事，没有直接定义什么是变革领导力，但呈现的思维与方法就像一部电视连续剧，让读者更易理解与接受。

第二，他不是任务型的经理人。作为经理人，他有很强的使命感和责任感。没有丰富的变革实践，《张总变革手记》中的变革故事和CEO文萃中关于变革的课题讨论，不可能如此深刻、深入和接地气。使命驱动行为，将其投入变革中去，大胆实践，才可能有书中描绘的实践与思考。

第三，他不是教条式的经理人。实干的经理人有很多，爱学习的经理人也不少，但是，将实践与理论进行融会贯通的经理人不多，在此基础上进行创新和发展的是极少数。《破局：变革领导力》所呈现给读者的思维与方法浸透着管理经典，但没有理论式说教。

　　当下，变革是时代的主旋律，变革时代需要变革领导力。在管理学界，变革领导力话术一直被西方学者占领。改革开放40年来，中国经历了从高度集中的计划经济到中国特色的社会主义市场经济波澜壮阔变革，中国成为制造大国，GDP位居世界第二，中国出现了海尔、华为、阿里巴巴等世界级的企业，这些企业有着丰富的变革实践和变革故事，中华大地到处都是变革故事，是讲中国变革领导力的时候了。李新久先生的《破局：变革领导力》是有益的尝试，从实践者的角度讲述变革与变革领导力。

　　一方面，实践与挑战推动管理理论的发展；另一方面，管理理论拓宽了实践者的思路，传承着管理智慧。实践、总结与提炼管理，发展管理，通过变革创新，推动中国由制造大国走向制造强国，是我们的共同梦想。

　　一路前行。加油！

《企业管理》杂志社
副社长兼采编中心主任
王仕斌
2020年4月15日

推荐序

我喜欢看李新久老师的文章

由于工作的关系,我有幸成为李新久老师的同事,我们曾经共同服务于恒安国际集团。我俩分别服务于集团旗下的不同业务板块,他服务于生活用纸,我服务于休闲食品。在平时的工作或生活交流中,他给人积极向上的阳光,给人哲理的思想火花,我们喜欢同他交往、交流。我是一个平凡的经理人,近10年来,在一些中型企业担任制造总经理,对管理有一些粗浅的认知和浅薄的经验,有幸成为他每本书出版前的第一读者。他的著作,信息量大,跨度大,既具理论功底,又有丰富实践。他的第一本书《系统管理的力量:做一个卓有成效的管理者》和这本书《破局:变革领导力》,我都是阅读5遍以上,再给他反馈阅读体会。他的书有深度,有宽度,需要一定的理论功底和实践阅历才能读懂,需要反复品,越看越有味。

读者买一杯咖啡,可能不做思考,直接下单;要挑选一本书,也差不多是花一杯咖啡的钱,却可能反复挑选。为帮助判断,我将阅读体会整理出来,供参考,勉为序。

体会一:本书将理论和实践有机融合呈现在故事情节中。20世纪30年代以来,西方人本管理理论持续发展,从X理论到Y理论,从Z理论到双因素理论,从愿景激励到文化激励,从控制到激发,从雇佣关系到合伙合作关系。故事中,旧时代的管理=迎合+恐吓,新时代的管理=策划人+教练+受托人,是对人本管理理论在管理实践中应用的提炼。执行力责任由聚焦员工转向聚焦管理者,这是从人本理论到实践的融合。故事中这种超越理论性的思维,是丰富实践与理论学习深度融合的结晶,给人醍醐灌顶、豁然开朗的感觉。

体会二:本书将西方管理植于东方文化之中。西方管理的精髓是流程管理,基于流程的管理,建立流程,改进流程,流程再造与流程变革，精益管理，流程e化，基于流程的智能管理，商业智能等，这是张总变革故事呈现的背景之一。东方文化重视人的智慧和价值与西方人本管理在本质上是一致的，东方人文与西方人本经典理论，是张总变革故事呈现的背景之二。

故事中关于成败皆流程的演绎与讨论让我受益匪浅，关于激发人的内在动力的实践让我们这些从命令—控制文化背景下成长的管理者顿悟，不是90后、00后不好管理，而是我们管理的思维与方法落后于时代。

故事围绕人的管理与流程的管理两条主线展开，新旧思想与公私利益展现在对流程的理解与执行的争斗之中，一波未平，一波又起，引人入胜的故事后面是经理人成长的轨迹。

体会三：本书在应对当下的管理挑战之余蕴藏着对管理未来的探索和思考。我们正处于VUCA时代，这个时代的显著特点是易变性（Volatility）、不确定性（Uncertainty）、复杂性（Complexity）、模糊性（Ambiguity），这些给企业运营发展带来前所未有的新挑战；中国的新兴人类，不以赚工资为工作目标的年轻人，成为职场的主力军，更是管理者面对未来的挑战；故事中浸透着组织的复杂性——新兴复杂性和动态复杂性，将平台化运营和阿米巴相结合，将信息化和智能化与对人性的尊重和潜力的激发相结合，并运用于解决复杂组织深井的实践中。

不同发展阶段的组织变革，为读者提供了管理大未来的探索和思考。初创阶段的焦点是找能人，发展阶段的焦点是做加法（建流程），规模阶段的焦点是做量化（流程的细节量化），高质量运营阶段的焦点是做简法（流程简化）。这些管理实践对发展中的企业和成长中的经理人都是极好的参考。

我喜欢看李新久老师的文章，喜欢看他写的书。

原福建亲亲食品公司晋江基地、安东基地
总经理
李成喜
2020年4月1日

序

致追梦人

技术改变生活。

技术改变商业。

当下,技术掀起惊涛骇浪。

在波澜壮阔的商业大潮中,个体只是一滴水。在这里,个体可以是一名打工仔,一名经理人,一名老板,或是一家企业。

潮起潮落,不变的是变化从来没有停止,变的是个体的兴衰。一部分个体在潮起时踏浪前行,在潮落时蓄势待发;一部分个体在潮起时因沉睡而错过时机,在潮落时倒在沙滩上被时势击垮。

每一个个体都有一个梦,希望成为弄潮儿,基业长青。

现实很美好,现实很残酷。

不一样的选择,不一样的人生。

不一样的思路,不一样的出路。

思路决定出路。

我是一个贫苦农民的孩子,通过反复复读考上湖北工学院(现改名湖北工业大学),从计划经济到市场经济,从小国企到大外企,经历了风风雨雨。现将与变革相关的所思所历呈现在上篇《张总变革手记》之中,将变革与领导力相关的所学所悟呈现在下篇《CEO文萃》之中,这些文章曾发表在《企业管理》杂志上,这是60后工作的一个缩影,如果能引发人们对变革领导力方面的思考,我将倍感欣慰。

上篇文中角色名字纯属虚构,故事来源于阅历,却有别于现实,但表达的意境是真实的。张总变革手记系列连载发表后,一些读者的提问和著作者的回答附在每篇文章(章节)的末尾。上篇《张总变革手记》有两条主线:一条是聚集企业变革。在发展初期,没有流程与标准化体系，没有数据和细节量化，这些是效率低下的根源；当企业发展到一定规模，流程长，机构复杂，部门墙与深井效应，这些是效率低下的根源；人性与企业流程交织在一起，效率低下，是人的问题还是流程的问题，宏大的企业变革画面与张总的探索一起展开。另一条是聚焦领导力。新时代管理者王总败走麦城，旧时代管理者张总的沮丧无奈，掀开了张总由旧时代管理者向新时代管理者转变的序幕；张总的跌宕起伏还原了世间正邪美丑；谭总的教练型领导力不断拓展张总的认知边界，将张总推向人生巅峰。

下篇为《CEO文萃》，前一部分文章（第十四章至第二十二章）聚焦人本管理与领导力，中间一部分文章（第二十三章至第二十七章）聚焦企业转型与管理变革，后一部分文章（第二十八章）是《企业文化》杂志记者关于《系统管理的力量：做一个卓有成效的管理者》的采访，每章独立成篇，其管理思想有助于读者理解张总变革故事中的一些思考与探索。

追梦是辛苦的，追梦是美好的。

吾将与追梦人一道：路漫漫其修远兮，吾将上下而求索。

共勉。

格艾（苏州）管理咨询有限公司

变革管理首席顾问、系统管理专家

李新久

2020年元月28日于苏州

目录

上篇 张总变革手记

第一章 迎合型管理者的沮丧与无奈　003

引子 / 004

纠结 / 004

沮丧与无奈 / 005

求索 / 005

讨论 / 006

第二章 破　局　008

用数据说话 / 009

重点行动 / 009

老板的疑问 / 010

第二次会面 / 010

讨论 / 012

第三章 做"对的事"　015

寻找对的事 / 016

使用对象 / 017

干扰 / 019

阻力 / 020

　　　　　从容引发思考 / 021
　　　　　讨论 / 022

024　第四章　一次做对

　　　　　疑惑 / 025
　　　　　礼物 / 025
　　　　　举一反三 / 028
　　　　　一次做对要点 / 028
　　　　　讨论 / 029

031　第五章　暗　　力

　　　　　餐会 / 032
　　　　　拜访 / 033
　　　　　讨论 / 037

039　第六章　深井效应

　　　　　订单之惑 / 040
　　　　　平衡"分工与协作" / 044
　　　　　讨论 / 047

052　第七章　管理的根本是理事

　　　　　底层逻辑 / 053
　　　　　管理的根本是理事 / 055
　　　　　讨论 / 059

061　第八章　价值迷失

　　　　　组织活动的复杂性 / 062
　　　　　说走就走 / 063

　　　　　邂逅 / 064

　　　　　讨论 / 067

069　第九章　简法再造

　　　　　这个很重要 / 070

　　　　　决断 / 073

　　　　　清单 / 075

　　　　　讨论 / 077

081　第十章　拔出萝卜带出泥

　　　　　算账与重构 / 082

　　　　　挤出效应 / 084

　　　　　莫名的伤害 / 085

　　　　　讨论 / 086

088　第十一章　巅峰时刻

　　　　　出任 CEO / 089

　　　　　信息化之困惑 / 092

　　　　　沉思 / 095

　　　　　讨论 / 096

098　第十二章　平台化运营

　　　　　从碎片走向整体 / 099

　　　　　阿米巴 / 102

　　　　　红海扬帆 / 103

　　　　　讨论 / 104

107　第十三章　培养自我变革能力

　　　　　在路上 / 108

组织能力 / 108

成败皆流程 / 111

变革方法论 / 114

讨论 / 116

下篇　CEO 文萃

125　第十四章　"管理"与"领导"的理解误区

认知 / 126

定义 / 126

领导是管理的一项职能 / 127

错误认知的根源 / 128

129　第十五章　管理变革：从"命令—控制"到"教练—激励"

旧时代管理方式："迎合＋恐吓" / 130

新时代呼唤新的管理方式 / 130

教练是一门技术活儿 / 131

133　第十六章　如何培养结构化思考力

云里雾里 / 134

结构、结构性思维与结构性思考力 / 134

在工作中培养结构性思维与思考力 / 136

138　第十七章　"爽"是一种卓越领导力

爽 / 139

学会赞扬 / 140

认可员工的贡献与价值,并把它说出来 / 140

尽可能让员工参与改善与决策活动 / 140

管理者公平、公正的行为风格 / 141

第十八章 "用人不疑,疑人不用"是一种误导 142

"用人不疑,疑人不用"是干群关系的
　毒瘤 / 143

用人要疑,疑人要用 / 144

如何走向"疑人要用,用人要疑" / 144

第十九章　人员管理的三个维度 146

人本维度 / 147

系统维度 / 150

智慧维度 / 151

三个维度的关联关系 / 151

第二十章　职业经理人素养——开放·学习·分享 153

开放让变化成为可能 / 154

学习促进变化 / 155

分享成就未来 / 155

第二十一章　管理企业没有"一招鲜" 157

从历史看未来,从管理经典中寻找管理
　规律 / 158

管理工具与方法应与当下相结合 / 160

第二十二章　管理的逻辑 163

小故事 / 164

让思考可视化 / 165
流程图与逻辑树 / 166
脑力震荡 / 167
质疑会 / 168
现场有灵气 / 168

第二十三章　企业转型升级的逻辑

以终为始 / 171
产品与服务的转型升级 / 173
业务过程转型升级 / 173
管理过程的转型升级 / 174

第二十四章　迈向工业 4.0 的逻辑

过程方法是工业化的产物 / 176
智能管理是过程管理的高级阶段 / 177
从过程视角理解工业 4.0 / 177
总结 / 178

第二十五章　SAP 实现智能管理的预期了吗

在困惑中前行的智能管理 / 180
SAP 为什么在中国水土不服 / 181
对本土企业导入 SAP 的建议 / 183
给管理者的忠告 / 183

第二十六章　过程方法与流程效率

流程与流程效率 / 185
过程管理模型 / 186
流程再造 / 187

191 第二十七章　审批是如何折腾企业的

　　　　折腾 / 192
　　　　重构 / 192

194 第二十八章　管理者的系统思考

　　　　学会系统思考是管理成功的关键 / 195
　　　　认识过程管理，深化管理内涵 / 200
　　　　剖析传统管理学流派及其价值 / 204
　　　　破解系统管理的密码 / 207

213 附　录

　　　　格艾（苏州）管理咨询有限公司简介 / 213
　　　　创始人简介 / 216

219 参考文献

上篇

张总变革手记

职业经理人是否要迎合老板？面对老板给予的业绩压力，面对90后、00后的管理难题，如何提升领导力？如何破解组织"深井效应"？如何通过自我革新适应并引领新时代？张总的领导力锤炼与企业变革故事发人深省。

第一章

迎合型管理者的沮丧与无奈

本章重点： 迎合老板是普遍现象，不迎合老板而又能在同一家公司长久发展的高管却是个别现象。如何让老板放心又满意，让下属安心又满意，这两者并不矛盾。

引子

人们将旧时代的管理者定义为"管理=迎合+恐吓",即迎合上级、恐吓下属。这种管理者越来越不受员工待见,有的员工甚至以离职来抵制。

彼得·圣吉在《第五项修炼:学习型组织的艺术与实践》中将新时代的管理者描述为"管理=策划人+教练+受托人",管理者既是下属职业发展和工作目标及目标实现途径的策划人,也是帮助下属实现目标的教练,如"受托人"一样被信赖。这样的管理者被下属喜爱,下属成为管理者的"粉丝"。

越来越多的管理者选择由旧时代管理者向新时代管理者转变。

纠结

张总担任高管有些年头了,他习惯迎合老板,因为不迎合不行呀,你可以想象,跟自己的老板说"不"意味着什么?老板会认为你不听话、不服从指挥,是一个不放心的人,久而久之,"被离职"就不可避免。为保住饭碗,迎合老板成为生存之道。

新来的王总是一个有能力、有主见的人,来公司不到两年,业绩非常突出。他是一个新时代管理者,深受下属喜爱。但是,他是个有主见的管理者,凡事认理,不迎合老板,老板与他的"蜜月期"比其他高管长一年(一般高管只有半年)。王总入职21个月了,最近,老板不怎么待见他,其中原因"你懂得"。3个月后,王总离职了。有人说他是"被离职"的,也有人说他是主动辞职,结果是一样的：他走人了。

张总上总裁班学习，老师启发大家做新时代管理者，张总也非常认可老师的观点。可是，现实很残酷，"新时代管理者"王总不是走人了吗？

张总纠结啊！

沮丧与无奈

张总近来头发都白了，压力大，睡眠差。据了解，是因为留不住老员工，招不来新员工，没人怎么干活？可老板却不管这些，扔下一句话："我们公司人均万元产值在同行中已处于下等水平，我没有办法给你调薪指标，人的问题，你自己想办法解决。"

张总想想自己今年53岁了，跟老板20余年，退休还早；跳槽好像自己也没什么优势；留下，整天失眠。

张总在无奈与沮丧中度日如年。

求索

一个周六的上午，张总在一家咖啡吧约了好友谭总。谭总服务一家全球管理咨询公司17年了，晋升为合伙人高级项目经理10年了。

面对张总的难题，谭总却淡淡地说："迎合老板是普遍现象，不迎合老板而又能在同一家公司长久发展的高管却是个别现象。你要思考的是如何让老板放心又满意，让下属安心又满意，这两者并不矛盾。"

"有什么良策？"张总问道。

谭总："数据能让老板放心，绩效能让老板满意。"

"听起来有点玄。"张总回应道。

谭总："老板为什么不放心？摊子那么大，资产上百亿元，如果你是老板，你会相信众人吗？只有客观的数据才能让老板将一切纳入掌控之中，他才会安心。"

谭总停顿片刻，继续说道："如果数据没有展示出一切处于受控状态，老板感觉人是受控的，这也会让他感到安心。这就是为什么下属勤汇报、勤请示会受老板喜爱的原因。迎合者让老板更安心！"

"那如何让老板满意呢？"张总追问道。

谭总："还是数据，但这时需要绩效数据。如果绩效数据非常清晰，能展示出你的业绩高于同行水平，满意自然而来。数据可以量化成就，这也是你激励下属的法宝。工作本身会让人产生成就感与幸福感。工作结果不能凭感觉，而应以数据说话，这在一些企业常常被忽视：流程与标准不清晰，导致数据也不清晰，一切凭感觉，讨好上级，争宠取悦成为必然。一切都是为让老板感到你可靠，值得信赖。"

"似乎找到点感觉。"张总自言自语道。

谭总："从标准化体系与数据化体系入手，用数据化事实呈现你的解决方案与业绩。遇到分歧，只呈现数据化事实，而不是情绪，服从并坚决执行老板的决策。试试看，会发生什么改变。"

他们愉快地约定：一年后在此再聚会。

讨论

读者问：张总沮丧与无奈的原因是什么？

著作者：张总沮丧与无奈的表层原因是用工缺人和KPI压力，深层原因是管理思维和方法落后于时代。在我们身边像张总这样的人有很多，他们的管理思维和管理方式还停留在10年前甚至20年前或者更久远的时代，当下，面对注重自我自尊的这代新兴员工，管理者吸引不了他们，留不住他们，因而造成用工短缺。管理者不从自身找原因，却试图从外部找正确答案。从错误的地方找正确答案一定无解。沮丧与无奈成为必然。

本书从一位高管的沮丧与无奈开始，揭开了张总被迫开启自我变革的大幕。

读者问：您如何定义新时代与新时代管理者？

著作者：新时代是泛指不为生活费工作的年轻人开始工作以来的年代。适应这个时代的管理者，我们习惯称之为新时代的管理者。美国"二战"后的婴儿潮一代开始工作，中国的90后开始工作，这些年轻人往往被称之为新兴人类。新时代管理者提法出自彼得·圣吉《第五项修炼：学习型组织的艺术实践》。彼得·圣吉认为，面对新兴人类，命令—控制式的领导方式不再有效，新时代的管理者应拥抱"策划人＋教练＋受托人"的领导方式。我于2016年8月在《企业管理》上发表文章《管理变革：从"命令—控制"到"教练—激励"》，该文将旧时代管理者定义为"迎合＋恐吓"，将新时代管理者定义为"策划人＋教练＋受托人"。该文编辑在下篇文萃部分。

新时代管理者王总展现的新时代领导力，以及新、旧时代管理者概念的提出，引发张总深思。

王总来去匆匆，是复杂组织的常态，也是经理人的常态。对组织而言，空降有风险，对个人而言，跳槽有风险。

张总和类似的经理人的思维定式与管理方式，让他在曾经的时代获得成功，走上管理高位，但后来他又陷入自己曾经成功的局中。

读者问：谭总说，"数据可以量化成就，这也是你激励下属的法宝。工作本身会让人产生成就感与幸福感。"我对此有同感，但说不清个中道理。

著作者：1950年前后，彼得·德鲁克根据通用汽车公司的顾问实践，提出了目标管理的学说，目标可以激发团队，数据化目标的激励作用更好。工作本身会让人产生成就感与幸福感，这也是人本管理的核心思想。谭总是一位资深的企业管理顾问，他的这段话语中浸透着管理学的经典。

第二章

破　　局

上章回顾： 面对新形势，老板推动了管理变革，请来了新时代的管理者王总。入职两年来，王总虽然业绩突出，但还是离职了。旧时代的管理者张总感受到空前压力，在沮丧与无奈之下请教顾问师谭总。

本章要点： 用数据化的事实呈现你的解决方案与业绩。遇分歧时，只呈现数据化事实，而不是情绪。当你呈现情绪化反应时，大家极易陷入情绪之中，而偏离根本——事实，这样人们还能对问题进行深入、客观的讨论与分析吗？

用数据说话

张总告别谭总回到家中,觉得晚饭特别香。饭后,他走进书房,回顾与谭总的交流,他需要理一下头绪,如何突破当下沮丧与无奈困局。

"用数据化的事实呈现你的解决方案与业绩,正确的话不产生价值时,就是废话。"谭总的话让他脑海中大量回放过去的一些会议,大家都在会上讲一些概念式的方案与道理,说着正确的废话,就是解决不了问题。细节量化与数据化缺失使一切变得空洞,说出的貌似正确的道理,无法对问题进行深入分析,当然就找不到解决方法。当提报的方案没有具体化和数据化时,提出的资源需求老板是否核准,就得寻找老板心情好的时候上报。

"遇上分歧,只呈现数据化事实,而不是情绪。为什么事情发生时人们容易出现情绪化反应,是因为人们没有将事实与情绪进行剥离。当你呈现情绪化反应时,大家极易陷入情绪之中,而偏离根本——事实,这样人们还能对问题进行深入、客观的讨论与分析吗?"谭总的话切中要害。

重点行动

张总拿出一张纸,写下了下一步行动重点:

1. 全面梳理管理流程与岗位职责,计划6个月完成。
2. 全面建设与完善核算体系,按单品、产线、车间、班组核算生产数据，按销售区域（省区及办事处）、单品的销售额与利润核算销售成本及费用，计划6个月完成。

以上计划需要人力资源与财务等部门的协同行动。为此，成立一个跨职能改善小组，张总就任组长。

经过周一、周二两天准备，周三下午张总召开了"跨职能改善小组成立暨首次会议"。张总的首要任务是对以上老生常谈的两点措施的重要性和紧迫性做出透彻说明。经过两个小时的讨论，与会者达成了共识，明确了改善目标并制定了详细的行动方案。

老板的疑问

最近，张总很少去老板办公室。老板一时感到奇怪，便安排秘书小田去了解一下发生了什么。小田追到成品仓库资材部戴经理办公室隔壁的会议室，发现张总、戴经理、财务部的涂经理正在和另外两名仓储领班一起开会。小田转身离去，侧面从销售部、生产部、研发部、质量部了解到，张总最近3个月和这些部门的负责人在密集地开会，推动标准化与数据化。小田将这些汇报给老板，老板不动声色，仅"嗯，嗯"两声了事。

当张总将心思用在解决问题的时候，他就忙起来了，哪还有时间去琢磨老板在想什么，去老板办公室的次数自然就少了。

事情比预想的顺利，当标准化与数据能够量化业绩，部门和员工的成就感就清晰起来——这是意外收获。

第二次会面

时间过得真快，一年转眼间就过去了。一天，张总接到了谭总的电话，问他："咱们约定的一年时间快到了，就是后天，但不是周六，是周四，还要去那家咖啡馆吗？"

"哈哈哈，我的谭总，我还以为您把我给忘了呢，咱们周四下午16：00老地方见。"

周四下午15：50，张总提前10分钟来到咖啡馆，他有太多的感触要向谭总诉说。

谭总 16:00 准时来到了咖啡馆,他点了一份甜点。

谭总:我可以想象,你感觉好多了,是不是和老板见面少了些,但信任增加了?

张总:是的,看来一切都在您的意料之中。我下一步该干些什么呢?

谭总:你和同事沟通时,已经能将情绪与事实进行剥离,有效管控了情绪。这样,你们向老板呈现的是相同的事实,事情很容易形成一致性意见及解决方案。过去那种向老板争宠取悦的言行就变得多余。但是,老板对当前业绩并不满意。

张总:您说的太对了!我和其他经理人都想改善业绩,但缺少方向感,要做的事情有很多,不知从哪里入手。我想,是不是先重建绩效管理体系,以调动积极性。

谭总:改善业绩是工作目标,也就是将要实现的结果。绩效管理是手段,不是目的。当前你面临的情况已从"向上"转向"向下",你得面对现场,优先解决虚假繁忙的问题,每个人看起来都很忙,改善没时间,新品会议没时间,大家都忙于"救火"。实际上,这些都是人浮于事的结果,人们没有做对的事。需要盘点一下,哪些工作对业绩产生了贡献,哪些工作没有贡献或者贡献甚微。

张总:您的意思是下一步工作的重点不是绩效管理,而是去寻找做对的事?

谭总:是的。管理层首先要将自己从被动"救火"式的工作方法转向主动预防式,抓住关键的重要事项不放,就是去寻找自己该做的事,做对的事,而不是帮下属"背猴子",这些"猴子"是下属需要解决的问题。

谭总停顿了一会儿,接着说:梳理了管理流程和岗位职责,这只是形式上理顺了关系,但需要各级人员进入角色,做自己岗位该做的事,做对的事。这看似容易,但是,真正完成从"什么都干"转变到"找对的去干"是不容易的。大家需要改变一种习惯,即没有方向、没有重点、忙忙碌碌做事的习惯。别低估了习惯的力量,它会把你往回拉,回到过去的做事方式上来。

讨论

读者问：迎合是不得已啊。做不迎合老板的经理人，大家都想要，有套路吗？

著作者：经理人自身情况不一样，面对的组织和环境千差万别，具体的套路没有，我根据自己担任中高层管理32年的体会，介绍一些思考或者突破的思路，供参考。

以下讨论中的老板可能是真老板，在职场中，我们习惯将顶头上司称为老板。

1. 经理人应尊重并感恩老板。出自尊重与感恩的礼貌礼节是必须的，礼貌礼节和迎合是不相同的。

2. 做成长型的经理人。一方面，开放，学习，深度思考，不断拓宽思维和视野，不断沉淀积累，做局；另一方面，不固执，不守旧，追求卓越，不断跳框，突破自己的思维局限，破局。做局和破局是经理人思维和工作的两个方面，不可或缺。意识到局的存在很重要，我们一直生活在各种不同的局中，因为曾经的成功形成了思维定式和管理方式，这就是一个局。一方面失败是成功之母，另一方面成功是失败之母。

3. 终身学习与学习型组织。人们在一个单位某一岗位上工作3年或5年后适应了环境，不自觉地会放松学习和思考，久而久之，被温水煮蛙。我不支持经常跳槽换单位，但提倡3年或5年换岗位，这有利于促进学习和思考。终身学习是个人的生存方式。聪明的老板促进组织全员共同学习，让团队学习成为组织的生存方式之一。

4. 用数据说话。没有数据，没有用数据定义事实，事情做得好坏凭嘴空说，向老板争宠取悦成为生存之道。这种现象在一些中小型的民营企业中还大量存在。数据的价值还远不止这些，ISO管理体系有七项管理原则，其中之一是"循证决策"，讲的是"有效的决策是建立在数据与信息分析的基础之上"，强调数据定义事实，没有数据就没有分析，没有分析也就靠拍脑袋决策。

读者问：将事实与情绪剥离是一个很好的关注点，很难。如何管控情绪？

著作者：管控情绪是经理人需要面对的一个问题，或者应具有的一种素养，需要有意识地进行自我修炼。管控情绪比较难，但将事实与情绪剥离相对容易一些。经理人首先应学会层别，分层别类简称层别。层别事实与情绪，层别观点与情绪，层别结果与原因，以及层别原因、危害、措施、观点和情绪等。层别是一种意识，更是一种技能，先有意识后有能力，没有觉察觉知就不会产生行动，没有行动也就不会拥有技能。不知道层别的必要性，这是一种典型的"不知道自己不知道"。分析是从层别开始的，没有分析就没有改进，没有分析就无法推动复杂问题的解决。

读者问：书中说"绩效管理是手段，不是目的"，怎么理解？

著作者：工作目标完成的情况就是工作绩效，绩效管理就是对工作目标完成的情况进行管理。为此，实现工作目标才是目的，绩效管理是实现目标的手段。

张总要突破被动"救火"式的工作困局，优先工作是从管理者自身改变开始，而不是从员工改变开始。提高管理者自身的工作效率是优先方向，从胡子眉毛一把抓到优先做对的事。

以奖金为驱动力的绩效管理是"胡萝卜"，是恐吓员工的另一种方式，面对新兴人类，其效用大幅下降。同时，流程与标准，数据与职责都不清晰，在这种情形下，推动绩效管理的效果好不到哪里去。

读者问：书中说不要"帮下属'背猴子'"与做对的事之间存在什么关系？

著作者：经理人的工作优先顺序如下。

第一步，选择做对的事。以终为始，要事优先，在错误的地方拼命努力是得不到预期结果的。

第二步，一次做对。返工，停滞，报废，交付延迟，销量下降，执行力低下，表面来看是员工执行力的问题，深层来看是管理者管理能力的问题。

这方面的故事将在下面的章节中展开。

管理者习惯帮下属"背猴子",认为与其让下属干还不如自己干。管理者应帮助下属成长,培养下属解决问题的能力,而不是帮下属"背猴子",不是替下属工作。

不要帮下属"背猴子",优先做对的事,既是管理者的时间管理需要,又是培养下属的需要。

帮下属"背猴子"是一种典型的职责错位。该抓的没有抓,时间用在了错误的地方,这种现象十分普遍。

第三章

做"对的事"

上章回顾： 张总在顾问师谭总的启发下，开展了管理标准化与数据化工作，开启了自我变革，改善了与老板的沟通方式，但工作仍处于被动的"救火"状态。这时，张总如期与谭总进行了第二次会面，讨论下一步的工作应是做"对的事"。

本章要点： 非常多的管理者经过时间管理培训，很容易接受"选择做对的事"这一理念。但是，由于没有配套学习与使用时间管理表格，学习结束后，一切照旧。时间管理表格是时间管理落地的工具。没有工具，不会带来行动的改变。

寻找对的事

张总：做"对的事"，听起来有点玄，具体怎么做，好像找不着北。

谭总：哈哈，这就对了，你首先应该思考的是"什么是对的事"。

张总：什么是对的事，我感觉我整天都在忙，都在做事，这些都是工作分内的事，难道还有对错之分？

谭总：是的。对错是相对标准而言，没有标准就无法判断。不一样的标准，判断结论也就不一样。

张总："对的事"的判断标准是什么呢？

谭总：一个好问题。你想想看，作为公司主持营运管理工作的总经理，以什么作为标准来检查你是否在做"对的事"呢？

张总：是目标吗？

谭总：对，是目标，战略目标与工作目标。战略目标是未来2～3年应实现的，相对今天，它代表了方向。工作目标是当下、近期该做的事，是当下的工作重点。与目标不相关的工作都不是重点。你应该关注并投入精力抓住这些与目标紧密相关的重点。

谭总谈到这里，似乎有点兴奋，他停顿了一会儿，又继续说：很多人都学习了20/80法则，20%的工作创造80%的价值，20%的客户贡献80%的销售额。但这一意识没有落实在行动中。抓住关键的重点不放，将它变成行动，这是你应该去做的。

张总：那什么是"关键的重点"呢？

谭总：回到判断标准上来。我们应该围绕目标进行检讨，首先看这件事是否对目标的达成产生价值，接下来再对价值进行排序，挑出20%的重点事项。如果时间还不够用，对20%的重点事项按是否可以授权给下属进行层别，能授权的交给下属，不能授权的，就是你该做的事了。余下来的这些事就是"对的事"。

张总：操作起来会不会很复杂？复杂的事情总是难以落地，执行效果差。

谭总：我向你推荐一个"时间管理表格"（如下图所示）。每周一、每月的第一天作为填写与检讨的时间节点。月时间管理表格是月度重点工作计划，周时间管理表格是月度工作的承接与分解。按月滚动，按周滚动。表格包含五项内容——待办的事，进行中的事，重复的事，分配给下属的事，已完成的事。进行中的事每周最好不超过3件，每月不超过12件。否则，说明你没有抓住关键的重点。刚刚开始使用时间管理表时，你会觉得不习惯。关键是如何层别出关键的工作重点，初期会有些不适应。坚持3个月，每月、每周按以上进行检讨。相信你会喜欢它的。

使用对象

张总：还是有点复杂，我们团队需要您的指导，能否到公司进行一次专题培训？

谭总：好的！新的方法使用需要一些专题培训与辅导。你约个时间吧，我让助手小王与你对接。

张总：哪些人参加比较合适？

谭总：你看呢？

张总：管理层，中层以上的管理者是必须的。基层班组长需要吗？

破局
变革领导力

No.号码	待办事务	何人				No.号码	ACTIVE AIPs 现行事务	何人	开始时间	完成时间		No.号码	最近完成的AIP	Who 何人	When 何时
1						1						1			
2						2						2			
3						3						3			
4						4						4			
5						5						5			
6						6						6			
7						7						7			
8						8						8			

No.号码	每月重复性的AIP	Time 时间	Date 日期		No.号码	分配给其他人的AIP	何人	开始时间	完成时间		No.号码	个人的AIP	Time 时间	Date 日期
1					1						1			
2					2						2			
3					3						3			

No.号码	FILTERS 筛选标准
1	明确定义的最终成果
2	具有附加价值，符合战略目标
3	能够增加市场份额或销售收入
4	改进周期时间，提高第一次通过率或生产力
5	提高质量或客户服务和满意度
6	提高成本竞争力，降低成本
7	提高流通性，减少库存应收账款

No.号码	载入规则
1	最近完成一个AIP或者有了新的资源
2	载入具有最高价值、影响力、开始日期的AIP
3	是否具备完成这项工作所需的技能
4	最终成果是否明确
5	将大的AIP进行细分：AIP工作包
6	资源完成工作所需的能力
7	可以在规定的时间内完成吗
8	是否在允许的时间范围内尽可能延迟开始的时间

图　时间管理表格

谭总：哪些人需要时间管理表格？想想看，公司哪部分员工大概90%以上的时间在做重复的事，工作特质具有确定性，这些员工是不需要使用时间管理表格的。公司哪部分员工80%以上的事情不是简单的重复，而是需要灵活应变的，工作的特质具有不确定性，这部分员工是需要使用时间管理表格的。

张总：我明白了！具有不确定工作特质的岗位需要使用时间管理表格。那么，我就安排中层及中层以上管理人员、工程师及相对应岗位的技术人员来接受培训。

培训时间定在下周三下午14∶00～18∶00，在公司大会议室进行。

干扰

时间飞快地流逝。时间管理表格正式使用后，第六周周一下午17∶07，张总给谭总打电话，说出现了难题，救火式紧急问题，严重干扰时间管理表格的使用，团队中充满质疑之声。

谭总：能否举一两个例子，让我具体感觉一下到底发生了什么？

张总：譬如说生产系统的主管吧，第三周的工作被一起重大工伤干扰，这是意外事故。第五周的工作被省环保厅临时现场抽检干扰。这两周有这样计划外的事情，不得不应对，计划中的事情自然被干扰，工作节奏全乱了。

谭总：那你的想法是？

张总：我觉得应该坚持使用时间管理表格，但面对以上问题，我又无法说服团队。

谭总：回顾一下上次的培训，时间计划分两个维度，一个是"重要—不重要"维度，另一个是"紧急—不紧急"维度。按紧迫性分，我们应该优先处理紧急而重要的事，按重要性来分，我们应该将60%～85%的时间花在重要的事情上。想想看，这二者并不矛盾。这两个案例恰恰说明，由于过去忙于做事，而不是做重要的事，管理工作基础差，欠账太多，大家还未能从紧急而重要的事情转向重要而不紧急的事情上来。这需要一个过渡，大家应该坚持使用时间管理表格，随着时间的推移，基础越来越扎实，突发事故与紧急事件大幅度减少，大家会享受时间管理表格的价值。

谭总好像意犹未尽，接着说：我要提醒你的是，非常多的管理者经过时间管理培训，很容易接受"做对的事"这一理念。但由于没有配套学习与使用时间管理表格，学习结束后，一切照旧。时间管理表格是时间管理落地的工具。没有工具，理念会永远停留在理念阶段，不会带来行动的改变。

张总：我有点茅塞顿开的感觉，可以将以上整理成文字分享给团队吗？

谭总：我的工作就是分享管理技术与经验，很高兴你这样做。

阻力

一段时间以来，张总和团队重温曾学习过的"目标管理PPT"，将目标管理和时间管理表格同步推进，这项工作在行政部、质管部、供应链部、研发部、市场部、销售部和财务部进行得都很顺利，但在生技部却推不动。生技部有1177人，是公司直接创造价值的部门，也是公司人数最多的部门。"做对的事"如果在生技部推广不了，则意味着变革失败。生技部的经理于强是公司出了名的"强人"，很有主见，作风强硬，是典型的命令—控制型领导。张总在于经理和其领导的生技部付出的时间和精力最多，成效却最差。于经理自己采取的措施不多而无法接受新措施的理由却很多。无奈之下，张总打电话给谭总，他想约谭总可否在咖啡吧再聚。不巧的是，谭总在美国正在做一个项目，三个月后才能回到国内。电话那头的谭总从张总急促的话语中意识到事情的紧迫性，于是俩人在电话中讨论开来。

谭总：强人的特点是固执己见、自以为是，技术型的管理者往往容易陷入这种状态。

张总：于经理的技术背景没错，可他从事管理11年，从事技术才6年呀？

谭总：如果他从技术专家走向管理岗位，没有从思维方式上转向管理,他能看见山外之山,看不见山外之海,山与海的差别是两种世界的差别,这就是他无法理解与接受新思维、新措施的根源。他错过了转化的最佳时机,现在做转化难度很大。

张总:技术上,公司依赖他,那我如何是好?

谭总:他领导的部门业绩处于行业什么水平?

张总:中下等水平。

谭总:如果换掉他,业绩下降的风险有多大?

张总:风险不大,难下决心,老板也不一定同意。

谭总:如果他不懂得转变,也不懂得帮助员工发展,将一切控制在自己手上,这个部门的业绩就不会有突破性的改善,这是你想要的吗?你的顾虑是风险还是老板不同意?将富士康郭台铭总裁的一句名言"技术出了实验室就是标准"送给你,你现在需要将标准落地并推动改革,需要管理而不是技术。如果换掉他,一切皆有可能,最不济是目前的状态。

张总:懂了。我先和老板交底,再和于经理作深刻晤谈,尽力挽救,不成就换人。

谭总:祝你成功!

在谭总的启发下,张总和老板终于明白"于经理就是问题,就是问题的根源"。在引导效果不好的情形下,于经理被调到研发部,管理素养较好但在技术上是外行的供应链经理姜伟接任生技部经理一职。半年来,姜伟从数据看问题,对下属只问问题,不给答案(事实上,他也给不了答案),不断寻找大家做对了什么,做成了什么,对下属的表扬及时而具体,使得团队士气高涨,业绩突飞猛进。姜伟教练—激励型的领导方式与于强的命令—控制型领导方式形成了鲜明的对比。

四个月后,生技部日新月异的变化让于强倍感失落,他主动离职了。

从容引发思考

又是一年雪花飘,新的一年开始了。张总感觉自己对工作越来越顺手，大家已经习惯去做"对的事"，时间显得从容，有时间和精力去做一些思考，他开始享受"做对的事"。他想，现场仍然经常发生同类事故，反反复复，执行力仍然低下，这时应该去找谭总寻找对策。

讨论

读者问： 书中说"时间管理表格是时间管理落地的工具。没有工具，理念会永远停留在理念阶段，不会带来行动的改变"。这段话不好理解。

著作者： 管理是协调他人实现组织目标的活动，管理者需要为这些活动建立流程与规则作为众人做事的方式。这些流程与规则对如何做、按什么样的步骤做、做成什么样子、谁来做等问题做出了明确规定或定义。但是，在流程实际运行过程中，我们需要一个载体来记录与传递，这个载体通常被设计成一个表格或表单，这个表格或表单成为这些流程与规定落地执行的工具。时间管理表格是时间管理落地的工具，动火工作票是动火管理落地的工具，停电工作票是安全用电管理落地的工具，等等。

管理者应建立一种流程与规则等管理文件编写的新概念：管理文件＝定义＋表格。

定义： 明确什么事、编写目的、适用范围、词义解释、流程步骤、作业规范、责任人，必要时明确时间周期。

表格： 设计一张表格，体现定义的流程步骤和责任人等要素。通常纵列和横行各列一组要素，一组是流程步骤，另一组是责任人（流程的责任部门或岗位）。

没有表格的管理文件不能算是一个完整的文件，当然，也不是一个好用、好落地的好文件。

读者问： 于强的这种情形，在中小型民营企业里十分普遍，这个问题怎么解决？

著作者： 中小型民营企业对能人的依赖十分普遍，久而久之，能人很容易变成强人。能人（个人经验+专业技能）+封闭保守=强人。强人固执，自以为是，听不进不同意见，打击异己，封闭保守，不愿意培养他人，崇尚山头主义，等等。老板还得让他三分。

中小型民营企业如果不能从依靠能人走向依靠流程标准、依靠团队，企业是走不远的，是没有未来的。如何实现转变？大体上可分四步：

第一步，培养和引进更多的能人，减少对强人的依赖；

第二步，建立流程与标准，并推动实施，必要时聘请外部顾问；

第三步，文化再造，由能人文化走向团队文化；

第四步，在以上过程中，坚决清退顽固不化的强人。

读者问：书中说"对错是根据标准而言"，那么，是不是可以说没有对错？

著作者："对错是根据标准而言"，背后的逻辑是多纬度、多文化视角与诉求。当人们的出发点（诉求）或者角度不一样时，他们的要求和标准就会发生改变，对同一事实用不一样的标准评判，其结果当然就不一样。

作为高层管理者，遇上不一的意见甚至相互冲突的意见时，不要轻易评判，而应去了解和理解这些意见背后的诉求、观点与立场，不能简单或者直接地予以对错评判。

有一位小山村里的妈妈给过7岁生日的孩子一桶快餐面作为生日礼物，这对孩子来说十分珍贵，孩子乐开花的笑容绽放在他稚嫩的脸上。一位城市的妈妈却不让自己8岁的孩子吃快餐面，她认为快餐面是垃圾食品。同样是快餐面，珍贵礼物和垃圾食品，两种完全对立的认知，谁对谁错？

我的一位朋友和他的表弟合伙开了一家农家乐餐厅，饭对客人是免费的。可表弟认为免费的煮饭用米采购低质粗米就好，朋友认为应采购优质精米，两人为此散伙。

工作及生活中这样的案例比比皆是。

第四章

一次做对

上章回顾： 管理者应做好时间管理，做对的事。对的事是指与目标紧密相关，且无法授权的工作要项。时间管理表格是很好的落地工具。没有工具，理念是不会变成行动的。张总在顾问师谭总的指导下，排除了干扰与阻力，他和团队开始习惯于做对的事。

本章要点： 新时代的管理方式与旧时代的管理方式相比是思维方式的颠覆与跨越。旧时代的管理思维将员工效率低下、执行力差的原因归结为"员工的态度、能力与工作方式"，新时代的管理思维将员工效率低下、执行力差的原因归结为"员工的思维、能力与治理方式"。前者将症结聚焦在员工身上，后者将症结聚焦在管理者身上。

疑惑

带着"反复出错，执行力低下"的疑问，春节假期后的第二周的周六下午15：00，张总和谭总两个老朋友又在咖啡馆会面了。简单的新春祝福之后，他们迅速转入了正题。

张总：现在，管理团队习惯做对的事，工作是顺手了，但执行层面的问题仍然有很多，典型的事情是"同样的问题反复发生，基层执行力低下"。

谭总：还是举两个例子让我感受一下现场到底发生了什么吧。

张总：我就从工伤和设备故障两个方面介绍吧。三车间有9年工龄的老工人王波在春节前7天不慎脚踏空掉入链板机，造成粉碎性骨折，现在还躺在医院里；春节后第5天，新工人李淼用液压车拖包材，左脚四个指头被液压车轮子压伤了。每年七、八、九三个月是销售淡季，设备好像不出故障，春节前后是销售旺季，设备往往不争气，动力车间发生的故障最为明显，几乎月月跳电。

礼物

谭总：我记得你第一次找我之后，回去就全面梳理了岗位职责和作业标准，是标准没有被执行，还是标准不方便被执行？

张总：我听不懂你的意思。

谭总：员工重不重视标准，有没有意愿执行标准，是问题的一个方面；标准好不好用，是否方便被员工使用，是问题的另一个方面。

张总：我们从来没有从是否方便员工使用这个角度考虑问题。

谭总：这是一个容易被管理者忽视的盲区。管理者习惯从自己的角度看问题，不习惯从员工的角度看问题。如果你从员工的角度看，标准条款繁多，密密麻麻的文字，很难理解与记忆，不能被理解与记忆的标准能得到执行吗？这叫降维思考与分析。

张总：看来有标准还不够，需要将标准调整到方便员工理解与记忆才行。

谭总：重点是方便理解，理解了可促进记忆。另外，有些管理工具可以减轻员工的记忆负担。

张总：那怎样才能方便员工理解呢？

谭总：你有没有留意一些机场卫生间门背后张贴的作业标准与检查记录表？清洁标准是以图片的方式展现，直观、醒目，几乎没有文字，清洁工识字不多，这种图片式的作业标准是不需要培训的，照着做就是。图片张贴在作业区域，一看就明白，还需要记忆吗？

张总：啊，我明白了，这方面我们过去确实缺少关注与思考。

谭总：送你三句话："不要考核员工的理解力，不要考核员工的记忆力，不要让员工咬牙工作"。这叫升维解决问题。

不要考核员工的理解力，就是要使标准一目了然，方便理解。写标准尽可能地使用图片、图表，少用文字，能归序的用流程图和图表结合的方式编写。这里的"图"既可能是图片、照片，也可能是图表，也可能是二者相结合的方式。不能归序的就归类，归类时也尽可能使用图表呈现的方式。图表呈现的方式直观，行与列能清晰呈现结构逻辑，方便理解。

不要考核员工的记忆力，高度目视化可以省去员工记忆，让员工判断正误一目了然，如何操作一目了然，如何纠正一目了然。做一目了然的管理，让复杂的问题简单化。

不要让员工咬牙工作，是指尽可能地采用防呆措施。例如，自动化、愚巧化和智能化措施，让员工出错都变得困难。电视机和电脑都有很多插口，使用者会出错吗？它们的插口设计让出错成为不可能事件。现场有很多类似的机会点。

张总：您讲的尽是不一样的思考角度，让人豁然开朗。

谭总：执行力差是一个伪命题，是管理者站在高处看员工行为的结果。如果管理者从方便员工理解与执行的角度出发，情况就不一样，是管理者的管理方法不够好，造成员工易出错，执行困难。

张总：看来"一次做对"与"做对的事"一样，看似简单，落地却大有学问。

谭总：让我们回到"旧时代管理＝迎合＋恐吓"与"新时代管理＝策划人＋教练＋受托人"这个最初的话题上来：旧时代的管理方式体现了企业与员工之间的雇佣关系，是"命令—控制"领导方式；新时代的管理方式体现了企业与员工之间的合作与共同发展关系，是"教练—激励"的领导方式。

新时代的管理方式与旧时代的管理方式相比是思维方式的颠覆与跨越。旧时代的管理思维将员工效率低下、执行力差的原因归结为"员工的态度、能力与工作方式"，新时代的管理思维将员工效率低下、执行力差的原因归结为"员工的思维、能力与治理方式"。前者将症结聚焦在员工身上，后者将症结聚焦在管理者身上。我们可通过一组公式对比一下：

员工的效率＝员工的态度 × 能力 × 工作方式　　（1）

员工的效率＝员工的思维 × 能力 × 治理方式　　（2）

员工的思维受管理者和企业文化的引导，员工的能力需要管理者提供支持与培养，对员工的治理方式更是应与时俱进、不断学习与提升。公式（2）诠释了管理者对员工的效率和基层执行力承担着重要的责任，抱怨员工的素质差不如改变管理方法。

张总：您以上的介绍，信息量很大，我很受启发，这正是团队需要的，我担心自己宣贯时挂一漏万，您能亲自到公司授课与辅导吗？

谭总：刚好我最近一两个月比较空闲，我们从下月月初开始，行吗？

张总：太好了，这是您送给我和团队的新春大礼物，万分感谢！

举一反三

谭总的课程诙谐幽默，富于哲理，果不出所料，震撼全场。

为方便张总推进"一次做对"的管理变革，应张总之邀，谭总安排助手小王每月现场辅导 3 天。

张总的变革渐入佳境，受谭总启发，他从"设备"视角思考对设备运行管理进行责任优化，为设备找到了"主人"。过去不合理的分工和过多过细的分工，从上往下看，好像事事有人负责，设备维保多人负责等于没人负责，设备处于没有"主人"的状态，这是造成设备故障频发的主要原因之一。

张总还将移动互联、智能传感和移动点检等新技术应用于对设备的健康诊断。

一年来 70% 以上的设备无故障运行超过半年。这些在一年前简直不可思议。

意外的收获是，一年来管理者和员工的关系发生了翻天覆地的变化，90 后、00 后成了企业创新的主力，这一代"追求自我，张扬、不拘陈规"的青年人成为"自我实现，不拘一格改善创新"的生力军。

一次做对要点

深冬夜晚，窗外寒风呼啸，坐在书房里的张总回顾一年来推动"一次做对"的点点滴滴，心潮澎湃，于是提笔写下以下五个要点：

1. 一次做对是执行层面的问题，行为主体是基层员工，责任主体是中高层管理人员。

2. 管理者不应抱怨员工的素质差，而应该努力去改变管理方法。

$$员工的效率 = 员工的思维 \times 能力 \times 治理方式 \qquad (2)$$

员工的工作效率受员工的思维、能力和员工的治理方式影响，而这些领域管理者大有可为。

当我们将员工的思维引导到自主自发工作时，管理者可实现无为而治。

当我们在改善对员工的治理方式之后，你会发现没有落后的员工，只有落后的管理方法。

3. 管理者指责员工的执行力不好是个伪命题，症结不在员工而在于管理者以及管理者的管理思维和管理方法。

4. 抛弃"命令—控制"式的领导方式，拥抱"教练—激励"式的领导方式之后，90后、00后不好管理也是个伪命题。

5. 移动互联和智能技术的应用能有效提升工作质量与效率。

写完以上五条之后，张总感觉意犹未尽，思绪忽而飞到从前，忽而锚在当下。他在想，我过去怎么就不开窍，只站在自己的角度思考，不懂得站在员工的角度思考？！每当增加一个思考维度，好像打开了观察世界的另一扇窗户，看到山外有山是不够的，山的尽头是海。

"山外是海"，他自言自语道。

回想到五年前自己曾粗鲁挑战顾问师的指导，他感到羞愧，那是一种知识贫乏的固执，思维狭隘的傲慢，他用左拳敲打着自己的胸口。他想，离职的于强经理不知道是否醒悟，他还好吗？

空气中弥漫着王总的味道。他想，王总离职是公司的一大损失。

老板感觉到张总踌躇满志，多了几分自信，少了几分谄媚。他想，我应该给张总一些新的挑战。

讨论

读者问：书中反复指出执行力差的责任在管理者，而不在员工，难道员工不用承担责任吗？

著作者：执行力差与员工相关，管理者应承担主要责任。管理者授权不授责，主要责任理所当然属于管理者，为此，京东的刘强东说"开除低效的100个员工，不如开除一个低效的管理者"。

从个别具体情形来看，执行力一定与个体责任联系在一起，员工当然应承担直接责任。

书中反复指出执行力差的责任在管理者，警示管理者"习惯向下追责，向外推责"，不解决问题，意识到自己才是问题的始作俑者，改变需要从管理者自己开始。

读者问：书中谈到"知识贫乏的固执，思维狭隘的傲慢"，不好理解。

著作者：知识与见识贫乏造成认知盲区，人们不同程度地存在盲人摸象的问题，不自觉地陷入"不知道自己不知道"的状态。因为曾经的成功会让人形成一定的思维定式，如果不开放、不学习，久而久之，因为成功，所以不断固化业已形成的思维定式。顾问师在服务客户时，经常遇见有的人展示出"知识贫乏的固执，思维狭隘的傲慢"。但是，当事人却浑然不知，他以为"自己对，别人错"，就像盲人摸象一样。人们很容易陷入自我成功的局中，做局与破局应成为生活与工作的两个方面。

读者问：过去，我就是"救火"式管理，学习这篇文章后，我在工作中开始使用时间管理表格，如文中的故事一样，6个月过去了，我还没有从被动救火式管理转向主动预防式管理，问题依然不断。为什么会这样？

著作者：我在工作中也遇到过这种情况，我将它总结为"问题比措施跑得快"。不是方向与方法不对，是问题沉积深重，是结果往往滞后行动一段时间。管理企业是一个复杂的系统问题，这是典型的系统延迟效应。作为管理者，面对挫折，应保持定力。我遇见这种情况时，坚持方向与措施不动摇，不到一年时间，结果大为改观。

如果你面对的问题沉积深重，同时，资源受限，那么你可能需要更长的时间，才有可能实现由被动救火管理转向主动预防式管理。我辅导的一家企业高管团队，差不多用了两年的时间才实现转变。

管理者的时间不属于个人，而属于组织，属于团队。管理者不能随自己的兴趣与好恶来安排时间，将时间用在正确的地方是提高工作效率的第一步。时间管理表格是时间管理的工具，长期坚持就会成为习惯，习惯使用时间管理表格是提高工作效率的第二步。

第五章

暗　力

上章回顾： 在顾问师谭总的启发下，张总突破了思维盲区，将提高基层执行力与推动"一次做对"的焦点集中到改善中高层管理团队的管理思维和管理方法上，业绩显著提高。老板看到张总的进步与业绩，计划给张总新的挑战。

本章要点： 面对事权带来的"权力"与"权益"，老板很难界定谁从公司利益出发做事，谁在做事的过程中在谋求私利。老板能知道谁滥用权力，但不知道谁在正常使用权力时暗中谋私利，这大概就是你说的"暗藏的力量"。这股力量与外部力量联系在一起，成为推动工作的阻力。

餐会

晚上21：07，还在深思中的张总接到老板秘书小田的电话，通知他明天下午18：30与老板共进晚餐，地点在总部大楼21楼悦和厅，这是老板的"御用"餐厅，是典型的粤菜风味。

"不是刚刚汇报完上个月的工作才过去两天，老板约我什么事呢？"放下电话，张总喃喃自语。

想想近三年来进步的业绩，张总心中少了许多忐忑。

第二天下午18：23张总就赶到了悦和厅，宽大的餐厅里仅HR总监李总一人，与李总打过招呼之后，张总才知道晚上共进晚餐的就他俩和老板。张总意识到老板有重要的事和他谈，他的心不由自主地忐忑起来。

18：30，老板准时推门，高兴地招呼张总入座，示意李总可以通知厨房上菜，然后，老板就和张总聊开了。

老板：小张，你怎么评价三年前离职的王总？

张总一下愣住了，老板今天怎么突然冒出这个问题，这往往是禁忌呀。

老板：随便谈谈，别愣在那里。

张总：啊，啊，王总身上有很多优点，简单地说，他好像是一个新时代的管理者，思想与做法前卫，我在他身上得到了启发。不过，他的缺点似乎也明显，我一时也难用一个词或一句话来定义他的缺点。啊，有了，他的缺点就是名气太大，没有明显的缺点。

老板：哈哈哈，怎么说你呢，你能从他人身上学到一些东西，总是值得肯定。你怎么看你自己这3年的工作？

"老板今天怎么尽问一些敏感话题"，张总心里嘀咕道。

张总：老板，我哪里做得不好，您尽管批评就是。

老板：你还没回答我的问题。

这时，服务员送上了四盘凉菜，老板吩咐开瓶红酒。

张总：感觉近3年学习与工作的收获比前20年还多，我觉得需要改进的地方还很多。过去，我的思想太保守、太狭隘。

老板：你怎么看集团各职能部门的工作？

张总：要说实话吗？

老板：怎么想的就怎么说。

张总：集团成立5年了，设立各职能部之初，下面各事业部还是充满期待的，譬如人力资源方面，统一薪酬制度，避免政出多门；质量方面，上下游事业部之间改善衔接；新品研发，改善统筹，加快新品推进速度，等等。实际上，现在公司解决一个问题的难度更大。

老板：很好，这正是我最关切的。我想设立集团运营管理部，统筹研发、质管、供应链、销售等职能部门和五大事业部。HR李总推荐你来担任首席运营官，谁来接替你现在的职务，以及如何组建集团运营管理部？你和HR李总一起讨论一下方案，下周三报给我，行吗？

张总一脸错愕，面色凝重而兴奋。

HR李总：我明天去你办公室，与你讨论一下细节。

近两年来，张总的睡眠改善了许多，失眠症消除了。可是，今天晚上他又失眠了。3年前他失眠来自莫名的压力、惶恐与不安。今夜，他的失眠来自兴奋与挑战。他感觉自己不像是一个56岁的老人，更像一个35岁的小伙，浑身充满力量，面对挑战多了几分自信。

拜访

昨天是怎么与老板道别的？张总印象模糊了。清早醒来，他突然冒出拜会王总的念头。"王总为什么要离职？如果王总还在，集团首席运营官应该是他，而不是我，我应该去见见他，或许对未来的工作有帮助。"张总暗自思量。

上午9：00，张总用微信向王总送去了思念与问候。很快，张总收到一组"惊讶+微笑"的图标，随即张总拨通了王总的电话，两个老同事热情问候之后，张总表达了周末拜会的意向，王总愉快地接受了。

转眼3天过去了，周末到了。周六上午9：15，张总乘坐东方航空航班从S市飞往H市，他期待与王总早点会面。王总从公司离职后，到H市一家大型互联网集团公司任CEO，并成为公司的合伙人。这里是年轻人追梦的天堂，王总在这里如鱼得水。

下午15：30，两个老同事终于在张总下榻的万豪酒店会面了。王总精神饱满，岁月没有在他的脸上刻下皱纹，却添满了自信与淡定。亲切拥抱之后，两人步入了酒店的咖啡吧。

两人寒暄了十来分钟，各自介绍了分别三年后的状况。接着，将话题聚焦到曾共事公司的现状。

王总：公司这几年的发展超出了我的预期，你能否透露一下秘密？

张总：首先得感谢您，您的工作风格让我和其他老人认识到思维局限与能力差距。您离职之后，我接替您的位置，老板请顾问师谭总担任我的教练，他很少来公司，但他的思维方式给我的帮助很大。

王总：老板越来越精明了，善于融智与借力。看来，你现在的工作是顺风顺水，祝贺你！

张总：我不知道下一步怎么办，今天过来向您请教。

王总：不敢，不敢，有什么疑问尽管说就是。

张总：您工作业绩突出，深受大家喜爱，大家都认为您是未来之星，干得好好的，为什么突然离职了呢？

王总：这一页书早就翻过去了，今天为何提及？

张总：集团即将成立运营管理部，统筹五大事业部和研发、质量、供应链及销售等职能部门，我将由现在事业部总经理调往集团运营管理部任COO。心里没底，这不，向您求教来了。

王总：恭喜！恭喜！

张总：我总感觉公司暗藏着一股力量，我能感觉到它的存在，却无法看见它的身影。

王总：你的工作得到了谁的支持与响应？谁在敷衍？谁在抵制？背后的原因是什么？你有过这方面的思考吗？

张总：由于改变了管理方法，一线做事的员工是重要的支持力量，职能部门比较强调自我主张，明显的抵制倒是没有，感觉和我的这些事业部有不一样的地方，他们的权力很大，对各事业部的需求响应较慢。

王总：你有没有注意到是管理流程因素还是人为因素？

张总思考了一会儿，不确切地回应道：两者都有吧。

王总：面对事权带来的"权力"与"权益"，老板很难界定谁从公司利益出发做事，谁在做事的过程中在谋求私利，这大概就是你说的暗藏的力量。这股力量与外部力量联系在一起，成为你推动工作的阻力。

张总：过去钱好赚，效率低点，浪费点，老板没有在意。近几年钱难赚，老板请您到我的事业部当老总，开启了变革之旅。

王总：正如你感受到的，当你拥抱"策划人+教练+受托人"的管理思维之后，一线做事的员工会成为你的积极响应者，但权力阶层就不一样，他们过去自由惯了，甚至享受惯了灰色收入，明处不敢反对，暗处抵制。我在职时，就是因为督促供应链部进行"引入竞争，改善服务，降低成本"物流运营变革，得罪相关利益者，反而被诬告"将手伸向采购"，老板选择了支持供应链总监。作为高管，如果被老板打上问号，工作是很难突破的。

张总：这是您离职的原因？

王总：是，也不全是。是起因，但不是全部原因。

张总：听起来有点复杂。

王总：我入职时，集团公司成立接近两年。此前，各大事业部管理粗放，效率低下，事业部老总的权力却很大，集团成立并设置各大职能部门，老板的目的是"削藩集权"和改善管理效率。我任职两年，在管理效率改善方面有所成就，但在"削藩集权"方面逆势操作，所以得不到老板的支持。当时，我误以为老板不信任我。事实上，集团供应链尽管仅成立两年时间，但不当利益链已开始吞噬公司的利润，但这个阶段，老板的重点是各大事业部"削藩集权"，而不是集团供应链变革。现在回想起来，老板是对的，我在错误的时间做正确的事情，得不到支持是必然的，只是我当时没有这样认知。

张总：您能从万米高空俯视当下，我仅能从地面横看，视角局限，您让我受教育了。老板对我调职任用是他说的"帮他分担事务性的工作"吗？

王总：让你担任集团的COO，帮老板分担事务性工作是台面上的事。台面下，老板应是将"削藩集权"的对象由各大事业部转移到销售部和供应链部。台面下的事，老板对你只可意会，不可言传。

张总：那是为什么？

王总：老板能知道谁滥用权力，但不知道谁在正常使用权力时暗中谋私利，老板也不可能将所有的人都开掉，这种事情老板不方便提及。

张总：在小范围讨论应不碍事。

王总：错，老板如果提及，会让身边的人感受不信任与被威胁，老板比我们聪明。

张总：明白了，谢谢您的启发！我到新岗位之后，该怎么做呢？

王总：你为什么不去找谭总呢？他应该可以从台面上给你帮助。

讨论

读者问：工作中还有暗力，感觉挺新鲜。对像我这种初任管理的人员怎么学会识别这种暗力？

著作者：暗力在一些企业不同程度地存在，初任管理的人员不必要在识别暗力上浪费精力，你只要一视同仁，对事不对人，不知、不懂、不参与其中，就有利于工作开展。从事管理工作时间久了，这些将不言自明。

读者问：事权怎么会带来"权力"与"权益"？

著作者：作为一名管理者，公开、公正与公平处事，正常履行事权，一样还会给一些人带来利益，给另外一些人带来损失。例如，我曾经推动某集团公司进行化学品战略性竞标采购，竞标的结果是平均采购单价下降50%以上，配套工艺改善，年采购额由两亿元下降到6000多万元。公司受益，中标供应商受益，原供应商受损失。

管理者正常履行事权，他当然享有职位相应的权力，并自觉或者不自觉地引发他人的权益变化。他人权益的变化反过来影响管理者的工作环境，正面的、负面的是与非缠绕着你，管理者应当自觉拒绝或者抵制不当权益，这有利于排除工作干扰。

读者问：书中提到"在错误的时间做正确的事，是得不到支持的"，难道管理者还得评估什么是正确的时间？

著作者：是的。

自己认为是正解的事，那是你从自己的岗位视角进行评判的结论，站在老板的立场不一定是正确的事。同样，站在员工的角度，结论可能又是一种答案。

管理者，特别是高层管理者，应建立多角度、多纬度思维，这是一项基本功。

这个案例同时也告诉我们，局部最优不等于整体最优，每采取一项措施，需要评估对其他方面可能的影响。管理者既要看到局部，又要看到整体，还要看到局部如何构成整体，看到构成整体的这些局部背后的联系与结构。这些联系与结构才是事物的本质。

在正确的时间做正确的事，那叫水到渠成。在错误的时间做正确的事，那叫不识时务。透过现象看本质，培养对复杂现象的穿透力，是高层管理者的又一项基本功。识别正确的事，识别正确的时间，选择在正确的时间去做正确的事，说明你是一个明白人。

第六章

深井效应

上章回顾： 流程中的权力可能与外部力量勾结在一起，形成一种推动工作的暗力，管理者需要洞察谁在阻碍你的工作。管理者还需要审时度势，正确的事情还需要在正确的时候去做。

本章要点： 长期的专业分工固化了人们的认知与思维模式，人们渐渐地沉浸在"深井"之中，对外界缺少理解与认知，视角狭隘，思维偏执，行为固化，走向了反面，这就是专家称之为的"深井效应"。分工提高效率是一种情形，分工阻碍了效率又是一种情形，这在管理学上称之为"悖论"。作为一名高级主管，当你面对具体而又复杂的情形时，需要去拿捏好"度"，即如何平衡"分工与协同"这个度。

订单之惑

告别王总，转眼间，张总履职集团首席运营官3个月了。他从问题最突出的供应链部入手，首先去解决订单问题。公司的销售订单与采购订单都面临相同的抱怨，交付慢，而且不能给出订单交付的确切时间。

看看张总的调研笔记，我们会得到具体的感受。

3月18日，上午9：00～12：00　计划中心。**参加人员：计划分部经理汪惠玲，计划员唐曼曼。**

张总：今天是一个非正式座谈会，是为了了解计划中心工作中面对的困难与问题，看看我们可以做些什么？

汪惠玲：小唐，你先介绍一下你的情况吗？

小唐：张总好！我入职两年了，集团公司供应链部成立第四年时我就入职了，入职前在一家快销品公司干过3年计划员。刚入职时，经理交代给我的目标是"按时完成订单交付"。我想，凭我过去3年的经验，这应难不倒我。可是，两年来，我感觉很难。

张总：难在哪里呢？哪一个环节，能具体一点吗？

小唐：2月28日，产销调度会确认了海南公司3月的生产计划，3月的第一周还能按计划进行，第二周海外销售分部插一个15000吨的大单，国内计划调出产能5000吨，提高生产数量3000吨，延迟上游热电事业部年度保养12天，增加产出7000吨，这样，产能的问题就解决了。可是，物流分部就是不同意，说他们的物流是根据计划签订合同，现在做出大幅度调整，资源保障是一个问题。另外，合同调整还得报批，流程很长，时间上无法保证。

张总：汪经理，以上问题，你这边做过哪些努力？

汪惠玲：生产订单调整都在我的统一协调之中，内部已建立了日、周、月调度机制，日盯交付落实，周与月实行"1+3"滚动式计划，锁定一周（月）计划90%不变，规划另外3周（月），当周单品的SKU 90%不变，当月90%的品类不变，计划分部各生产事业部和销售部之间建立了月、周、日调度与跟进机制，协调还比较顺畅。但物流分部就不一样，物流是需要采购，采购有采购的流程。

张总：与物流和采购方面有沟通吗？

汪惠玲：邮件已经发过去了，回复说让我们提交一个申请报告。他们再走采购审批流程。

张总：物流采购是否已回复交付时间？

汪惠玲：没有。

张总：以往发生过类似情况吗？怎么解决的？

汪惠玲：几乎每月都有，都是按这样走流程。采购方面不敢越流程办事，这样一来，时间就没有保障，谁都不敢承诺，大家见怪不怪了。

3月19日 13：30～15：00，采购中心。参加人员：采购中心经理郑飞，跟单员王燕、李海萍。

张总：今天是一个非正式座谈会，是为了了解采购中心工作所面对的困难与问题，看看我们可以做些什么？

郑飞：张总好！采购工作的压力很大，公不喜、婆不爱。

张总：压力大在哪里？

郑飞：老板划了一道红线，"采购必须货比三家"，对供应商的资质也有严格要求，这样一来，选择空间与灵活性小了，符合资质要求的供应商往往比较大，但也比较强势，灵活性与响应速度都差一些。反过来，需求方的急单多，常常插单，希望特事特办，超越常规流程，加快交付速度。对我们部门来说，压力山大。

张总：货比三家、常规订单、应急采购都有流程吗？

郑飞：都有。供应商评审由多部门参加，货比三家的流程是经过会审的，单个单位是不能修改的。常规订单流程国内采购周期为7~45天，国外采购周期为90~180天，分类而定。应急采购要直接报给老板，谁愿意这样做呢？不到万不得已，大家尽可能不去越级找老板。

张总：上周海外销售插单15000吨，物流采购有订单过来吗？

郑飞：海萍，你汇报一下具体情况吧。

李海萍：海外分部这个订单让我们取消了国内物流5000吨订单，同时增加海外货柜15000吨，取消物流订单5000吨，是长协物流公司，我这边已搞定。但另行增加海外物流15000吨就麻烦了，我们得找三家及三家以上的合格供应商，而当前我们有国字头的物流供应商才两家，其他公司没有通过审查评审与备案。要增补1~3家公司走合格供应商评审，牵涉风控部、法律部、物流分部、采购中心、财务中心等多个部门，没有3个月这个流程也走不完。我们只好让计划中心提报一个专题申请报告，走应急流程。

张总：你收到应急报告了吗？

郑飞：应急报告是我让计划中心提交的，他们还没有提交。

张总：他们遇到了什么困难？

郑飞：计划中心的汪经理回复说"已让海外销售分部提交报告"。两天过去了，还未收到。

张总：基于什么考虑，让海外销售分部提交报告？

郑飞：需求得从源头开始，如果我这里没有应急采购需求报告，面对风控部门的审计，时间久了，记不得细节，会被打上问号的，就是记得细节，那也是我们的一面之词，他们是否相信，还不一定。风控部审计的特点是首先做有罪推断，谁受得了？

张总：要求他们提交应急采购报告是为了避免今后的麻烦？

郑飞：是的，我们这个部门就得这样谨慎做事。

3月20日 9:00～10:30，海外销售分部。参加人员：尚武经理，陈小丹跟单员。

张总：二位好！今天是非正式沟通，想聊聊海外销售工作的困难与问题，大家开诚布公，看看我们可以做些什么？

尚武：小丹，你介绍一下最近海外15000吨订单吧。

张总：小丹，你直接谈面对的困难，订单的基本情况计划中心已介绍了。

小丹：好的。我们还没有得到内部确认的交付时间，客户要求我们30天交货，产能计划分部已协调好，现在的问题是物流，物流部门说是物流采购部门负责，物流采购部门又要求我们提交应急采购申请，事情就搁在这里。我们只能每天询问进展，其他啥也做不了。

张总：尚经理，你这边做了哪些努力？瓶颈在哪儿？

尚武：客户那边我们一直在保持积极沟通。关于物流应急采购申请报告，我有不同看法。我的职责是接单、销售、回款，是否应急采购，这是物流与物流采购部门的事情。物流采购部门是否应急采购，拉我们垫背，这让我很为难。过去发生过类似事情，面对审计，物流采购部门说"他们是应需求进行应急采购的"，责任都是我们的，我无法承担这样的责任。我没有办法再给他们提交应急采购需求报告。

连续三天的调研让张总感觉到"心累"。同一问题，是否需要应急采购，这不是明摆着吗？谁来提交应急采购申请报告，不同的部门竟然有完全不一样的解读与答案。

回想在MBA班的学习，教授说供应链管理的五层境界：

第一层：按需求交付订单；

第二层：有效率地交付订单；

第三层：有价值地交付订单；

第四层：与供应商协同交付订单；

第五层：建立平台交付订单。

我们公司现在停留在第一层，交付订单就衍生一些意想不到的问题。

"流程正确，结果却不好；表面来看，职责清晰，执行层面责任外推。问题在哪里呢？"

是夜，张总在沉思中喃喃自语。

平衡"分工与协作"

时间紧迫，现在是20:03，给谭总打电话吧。

张总在电话中简要介绍了他的难题，谭总没有明确回复答案，反过来询问了几个问题。

谭总：你确认这是你的真实问题吗？

张总感觉很奇怪，这明明就是摆在眼前的难题，谭总怎么会这样反问呢？

谭总：我希望你冷静思考一下再回答我。

张总：我需要得到您的帮助。

谭总：订单的表面症结是"谁来提交应急采购报告"，从计划中心到物流及物流采购，到海外销售分部，没有一个部门站出来写这份看似紧急的报告。

张总：是的。

谭总：这只是表层问题，我希望看到深层问题在哪儿。

张总：分工过度吗？

谭总：那么，减少分工又意味着什么？

张总：意味着缩短流程。

谭总：你是在否定过去的分工实现专业化与效率的提升吗？

张总：不，但我还是不知如何面对当下的问题。

谭总：泰勒"科学管理原理"的要点之一是专业分工提高了生产力，福特的T型生产线和通用汽车事业部管理是经典代表。分工实现专业化，效率得到提高了，这种做法在20世纪十分盛行，当下为什么会遇上难题？

张总：是不是可以设置首席运营官这个岗位来应对这一难题？

谭总：哈哈哈，当然是，但未免过于简单化了。

谭总停了一会儿，说：我们先将话题挪开，聊聊当今世界的复杂性吧，再回到这个问题上来。

张总：好的，我需拓展一下思路。

谭总：复杂性是由企业内外各种层级的变化迭代和交叉影响造成的，这些变化来自顾客需求、技术冲击、竞争对手的冲击、跨界打劫、内部流程、员工和股东期待与要求的改变，等等。我们不妨梳理一下，看看哪些是社会的复杂性，哪些是新兴的复杂性，哪些是动态的复杂性。

社会的复杂性，其核心有两点：一是利益，流程与分工固化了现有的利益分配。二是价值观。长期以来，分工会形成专业化的价值观，比如，对岗位责任和权限的理解，风控部门、财务部门、销售部门、采购部门的理解是不一样的。组织结构决定了组织的管理流程的主框架，一部分人可以通过流程来明哲保身，一部分人还可以通过流程来谋取个人私利，这些都在台下，台面上正如您介绍的，一切都在遵守流程与履行职责，谁都没有错。

新兴的复杂性，由于变化导致结果未知，实现结果的过程不确定，项目的答案未知，下一步还会发生什么样的变化也未知。变化引起的复杂性，这些变化是指来自外部新兴事物的变化，从而引发的复杂性。

动态的复杂性，时间与空间的改变导致情景发生改变；在不同的场景下，同一问题呈现的方式又不一样；人们观察问题的视角不一样，得到的认知又不一样。这是由"时、空、角"发生改变从而引发的动态的复杂性。

这些我们第二次会面时曾聊到，能理解吗？

张总：您是想让我从三种复杂性维度去理解我当下订单的难题吗？

谭总：是的，从不同维度思考，你会得到不一样的答案，会有相应的应对之策。今晚我们先聊到这里，你先消化一下，明天白天我有一天会议，我们可以在明天 20：00 后接着聊。

躺在床上，谭总的话在不断回放。

"分工提高了专业化效率，这是泰勒的伟大贡献，今天怎么就成了问题呢？难道分工有什么不对吗？分工产生危害吗？分工的危害又是什么呢？"

张总翻身下床，回到书房，提笔记下了以上几个问题。顺着思绪，张总又写上两点疑问：流程规定了我们做事的程序，怎么又成了效率的障碍呢？还成了明哲保身与谋求私利的工具？

城市里，只有灯光，没有月光。张总离开书房，漫步在小区的林荫道上，他脑海里浮现出"荷塘月色"，他思恋世外桃源，他希望生活在静静的月光下，静静的荷塘小道旁，静静的桃园里。

好不容易熬到第二天晚上20：00，张总迫不及待地给谭总打电话。

张总：谭总好，我一时还无法以社会复杂性、新兴复杂性和动态复杂性来分析我的问题，但我就不理解分工怎么就成了当下的问题？

谭总：那么，重复一遍，取消分工，可行吗？

张总：那会带来新的问题。

谭总：那你的结论是？

张总：既要分工，又要效率。

谭总：那如何兼顾？

张总：我犯迷糊了。

谭总：早些时候，探测技术尚属空白，人们在开采石油时，浅挖百井不如深挖一井的效率高。同样，专业分工，精耕深耕，极大提高了效率，这是问题的一个方面。但是，长期的专业分工固化了人们的认知与思维模式，人们渐渐地沉浸在"深井"之中，对外界缺少理解与认知，视角狭隘，思维偏执，行为固化，走向了反面，这就是专家称之为的"深井效应"。分工提高效率是一种情形，分工阻碍了效率又是一种情形，这在管理学上称之为"悖论"。作为一名高级主管，当你面对具体而又复杂的情形时，需要去拿捏好"度"，即如何平衡"分工与协同"这个度。昨天，我没有直接给你答案，希望你通过不同维度的思考，丰富你的底层逻辑。

张总：您的意思是我今天的职位需要建立这些底层逻辑？

谭总：是的，当底层的逻辑通了，你的订单之惑自然而解。而且，将来你还有类似的"项目方案之惑""物流竞标方案之惑""合格供应商评审之惑"，等等。

张总：我对自己是否能胜任这一工作产生怀疑。

谭总：言重了，每个人都是在挑战中突破学习障碍。在工作中学习，是向问题学习；在过去中学习，是学习经验；向未来学习，是放眼未来，回眸当下，向变化学习，向新生事物学习。向未来学习，在当下显得尤为重要。我对你有信心，相信你的老板也是这样。

张总：我们集团10月要确定"1+10"战略工作计划，确定一年，远看未来10年，能否约一个时间给我当面辅导？

谭总：你想由你自己来制订这个"1+10"战略工作计划吗？

张总：是的。

谭总：你需要结合当下形势与变化，重新制订战略。战略决定你需要调整组织流程来落实战略，组织流程大的调整，就是组织变革。推动组织变革，如果贴上"张总"的标签，你将寸步难行。

张总：我不理解这意味着什么？

谭总：组织变革必然涉及利益调整，在履行职责时，你的职务行为会损害一部分人的利益，当然，另一部分人也会从中受益，造成一部分人支持，一部分人反对。你做好了面对的准备了吗？

张总：谢谢您的点拨，我需要消化这些信息，回头我再请教，谢谢您！

讨论

读者问：书中谈到的深井效应在我们公司也存在，怎么解决？

著作者：组织深井与部门墙的形成是一个逐步发展的过程，没有一个组织愿意这样，这是一个不自觉的过程，它随着企业规模的扩大而形成。深井效应在一些公司不同程度地存在，怎么解决？谜底在后面的章节中，读者需要反复揣摩。

读者问：书中谈到"悖论"，不好理解。

著作者：悖，矛盾或对立，相反。悖论，即由同一事物推导出相互对立或相互矛盾的结果（结论）。专业分工是为了提高效率。企业规模在发展到一定阶段的时候，专业分工的确提高了效率。可随着规模的继续扩大，随着时间推移，组织深井与部门墙逐步形成与发展，专业分工反而抑制了效率，事情走向了反面。类似的悖论还有很多，管理者应从对立统一的哲学层面去理解与拿捏。

读者问：书中谈到"底层逻辑"，不好理解。

著作者：底层逻辑是指隐藏在人们思维或做事过程中的价值观。驾车时遇上十字路口绿灯倒闪到 6 秒，前面还有 50 米，你是加速冲过去还是刹车？德国人多半会刹车，中国人多半会加油门，这两种不同行为背后的底层逻辑就不一样。对下属工作是命令还是激发，这两种领导方式背后的底层逻辑也不一样。管理者需要理解人们行为背后的想法、出发点及价值观。

不同层级的管理者面对的管理对象不同，或者同一层级的管理者面对不同的管理对象，需要建立不一样的底层逻辑。换句话说，就是要建立不一样的价值观。

在管理活动中，有时需要用两种对立的价值观一起推动工作。X 理论是一种价值观，Y 理论是与其对立的价值观，我们在工作中，会同时用 X 和 Y 理论推动工作。理解或者建立多种价值观（底层逻辑），对高层管理者十分必要。知道 X 理论与 Y 理论是一对悖论，说明你具备了这方面的知识，能用这种相互冲突的价值观推动工作，能与你想法对立的人一起推动工作，这是一种智慧。拥有知识易，拥有智慧难。

读者问：书中描述的组织分工很细，有计划部、采购部、物流部、仓储部、国内销售部、国外销售部、市场部、制造部、财务部、风控部，等等，这不和盛传的和尚挑水的故事一样吗？

著作者：和尚挑水有很多版本了，与你说的语境相近是下面这个故事吧。

讲一个大家都知道的故事（旁白）。

故事的开始：

从前有座山，山里有座庙，庙里有个和尚。一个和尚挑水吃，两个和尚抬水吃，三个和尚没水吃！

肯定很多人都说知道这个故事，但是故事还没结束呢。

故事继续：

当总寺的方丈得知山上穷得连水都吃不上之后，就派来了一名主持负责解决这一问题。

主持上任后，发现问题的关键是管理不到位，于是就招聘一些和尚成立了寺庙管理部来制定分工流程。

为了更好地借鉴国外的先进经验，寺庙选派唐僧等领导干部出国学习取经。

几天后成效出来了，三个和尚开始拼命地挑水了，可问题是怎么挑也不够喝。不仅如此，小和尚都忙着挑水、寺庙里没人念经了，日子一长，来烧香的客人越来越少，香火钱也变得拮据起来。

为了解决收入问题，寺庙管理部、人力资源部等连续召开了几天的会，最后决定：成立专门的挑水部负责后勤和专门的烧香部负责市场前台。

同时，为了更好地开展工作，寺庙提拔了十几名和尚分别担任副主持、主持助理，并在每个部门任命了部门小主持、副小主持、小主持助理。

寺院的人员队伍日益壮大。可是，老问题得到缓解，新的问题接踵而至。前台负责念经的和尚总抱怨口渴、水不够喝，后台挑水的和尚也抱怨人手不足，水的需求量太大，而且没个准儿，不好伺候。

为了更好地解决这一矛盾，寺庙经开会研究决定，成立一个新的部门：喝水响应部！专门负责协调前后台矛盾。

为了便于沟通、协调，每个部门都设立了对口的联系和尚。协调虽然有了，但效果却不理想，仔细一研究，原来是由于水的需求量不准、水井数量不足等原因造成的。

于是各部门又召开了几次会，决定加强前台念经和尚对饮用水的预测和念经和尚对挑水和尚满意度的测评等，让前后台签署协议，相互打分，健全考核机制。

为了便于打分考核，寺庙特意购买了几个计算机系统，包括挑水统计系统、烧香统计系统、普通香客捐款分析系统、大香客捐款分析系统，等等，同时成立香火钱管理部、香火钱出账部、打井策略研究部、打井建设部、打井维护部等。

由于各个系统出来的数总不准确、都不一致，于是又成立了技术开发中心，负责各个系统的维护、二次开发。

由于部门太多、办公场地不足，寺庙专门成立了综合部来解决这一问题，最后决定把寺庙整个变成办公区，香客烧香只许在山门外烧。

同时，为了精简机构、提高效率，寺庙还成立了精简机构办公室、机构改革研究部等部门。

有的和尚提出来每月应该开一次分析会，于是经营分析部就应运而生了。

分析需要很多数据和报表，可系统总是做不到，于是每个部门都指派了一些和尚手工统计、填写报表、给系统打工。

寺庙渐渐热闹起来，忙来忙去，水还是不够喝，香火钱还是不够用。

到底问题出现在哪里？

这个和尚说流程不顺，那个和尚说任务分解不合理，这个和尚说部门职责不清，那个和尚说考核力度不够。

只有三个人最清楚问题之关键所在，团队壮大了，做事的人很少。

他们说："整天瞎分析什么玩意？什么流程问题、职责问题、界面问题、考核问题，明明就是机构臃肿问题！早知今日，还不如当初咱们任自觉自律一点算了！如今倒好，招来了这么一大帮庸人，一个个不干正经事，还天天添乱！"

三个人忍无可忍，斗胆向上汇报，要求增加挑水的人手。

经过各个部门季度会议的总结和分析，经过了数次激烈的探讨，总算可以从其他部门抽调过来一些和尚进行支援，但这些跨部门过来的和尚根本挑不动水！还对挑水的这几个和尚指手画脚，挑水的和尚再次请求，自己担任挑水的和尚团队负责人。总司组织部评估之后认为，三个和尚专业有余，管理能力不足，一番鼓励和劝解之后维持现状。

　　又过了一年，寺庙黄了，大部分和尚都去世了。少数的几个和尚没有渴死，他们跳槽到了其他寺庙，他们是"高层和尚"，并且带去了"先进的管理经验"。

　　这就是很多企业倒闭的原因：总部越来越大，流程越来越长，基层越来越忙碌，成本越来越高，客户越来越不满。

　　这也是一些中国传统企业的特色，要是论单个的，大家都是明白人，都聪明又伶俐。一旦组合在一块，就大眼瞪小眼，变得极其复杂。你算计我，我算计他，他算计你，结果这些聪明才智都互相抵消了！

　　以上这个故事有些夸张，好的出发点，相反的效果。小企业没有这么多部门，甚至如风控部等，连听说都没有，一人多责的现象十分普遍。企业大了，没有流程也不对，流程过长更不对，成败皆流程，这一点本书在第十三章中将会讨论。

第七章

管理的根本是理事

上章回顾：面对海外销售插单新增货柜物流15000吨，谁提交物流采购应急申请报告，计划部、销售部、物流部、采购部各执一词。"为什么流程正确，结果却不正确"，分工阻碍了效率，张总陷入"深井效应"的迷局中。

本章重点：长期来看，无论是老板还是高级经理人，管理的根本还是理事。事是组织目标和愿景的载体，离开这个，组织什么也不是。我们强调管理的根本是理事，但是并不意味否定"人是实现目标和愿景最重要的、最有价值的资源"，我们主张组织应为理好事去提高人的能力，激发人的潜能。

底层逻辑

面对组织深井,是夜,张总深思:我该怎么办?

销售部追加海外订单 15000 吨,占集团销售额的 7.3%,这是件好事,销售部值得嘉奖。

计划部及时协调产能,物流部就减少国内物流 5000 吨与物流供应商及时变更了合同,这两个部门也尽到了职责。

采购部按流程办事,也无可挑剔。

可是,站在顾客的立场,以上都是我们集团公司内部的事情。难道顾客错了?如果顾客错了,企业存在的价值何在?

当然,顾客没有错。那是谁的错呢?

谭总说我要建立新的底层逻辑,这样才能应对新的挑战,不能用旧思维去面对新问题。需要建立底层逻辑是什么?谭总的两次电话指点不断回放:

对复杂性的理解……

对整体与系统的理解……

对"悖论"的理解与把握……

面对复杂组织的高级职位,我的视野和治理方式需要拓展与调整,我需要看到从部门角度看不到的问题,需要解决从部门角度解决不了的深层次问题。

就事论事解决当下的订单问题并不难,开个订单交付协调会,出一个会议纪要,将会议纪要作为附件,让采购部提交应急采购报告,问题不就解决了?

根本性的问题是：如果这种应急会议和应急采购成为常态化的工作，那么，我们不就陷入新的救火式工作状态了吗？长此以往，我们还有办法将精力集中到战略目标上来吗？

是人的问题，还是流程的问题？

海外15000吨订单在张总的协调之下顺利交付。客户增加了信心，自5月起，客户与公司签订了20000吨/月的年度销售合同。

张总并没有因此感到兴奋与满足，每每提到"订单之惑"，耳边回响谭总的问话，"是人的问题，还是流程的问题"？

张总在想，如果是人的问题，那这个人是谁呢？好像每个人都很积极，都在正确地做事。如果是流程的问题，那是哪个流程有问题？如果站在部门的角度，流程都很完善，部门内流程完善是各个部门引以为豪之处。

嗯，站在顾客的角度，公司还是存在问题。站在公司整体的角度，似乎存在空白，存在流程未能管控的部分。

对，我们应该补上这些空白。

1. 管控流程的流程。在各部门主导之下，我们建立了部门内的流程，但是，跨部门之间的流程要么空白，要么粗放，不能满足运营管理的需要。谭总说，"在老板兼任CEO的集团公司，这种情形更为突出，这是因为老板习惯关注结果与人"。经理人应关注事与做事的流程，我们需要建立与完善管控各部门流程的流程。供应链方面是重灾区，我们就从这方面开始。

2. 改善流程的流程。流程的建立是基于当时的输入和输出（目标与客户的需要）所确定的步骤、作业方法与作业标准，随着"时、空、角"的改变，流程应持续改进，我们需要建立与完善改善流程的流程。

3. 做正确的事的流程。过去，我们已建立正确做事的流程，但对于高层，包括各事业部与集团各职能部门负责人来说，正确地做事，那不是问题，做正确的事才是问题，针对这部分高层管理人员，需要升级时间管理流程，将高层管理者是否做正确的事纳入管控重点。

张总的思考虽然未能澄清到底是人的问题还是流程的问题，但是，厘清了当下要务。

管理的根本是理事

转眼间，九月快要结束了，张总的工作渐有起色，救火式的问题有所减少，他感到困惑的是，究竟该朝解决人的方向使劲还是朝解决事的方向使劲？他想二者兼顾，头脑中的概念还是不够清晰。思路决定出路，还是求助谭总吧。

9月27日的15:00，张总约上谭总，两个老朋友第四次在同一个咖啡馆会面了。看到张总的进步，谭总也有成就感。二人的会面，亲切而又兴奋，很快就进入了正题。

张总：作为集团的COO，我的工作方向是管人还是理事？这让我感到困惑。

谭总：这和你作为事业部的总经理有什么不同？

张总：作为事业部的总经理，我习惯理事。在人的方面，重点是向下属提供培训支持与领导力成长服务。现在，我的下属都是事业部和集团各职能部门的总经理，他们好像不需要这些，他们独立思考与独立工作的能力都不错，大部分展示出很强的领导力。

谭总：那么，他们需要的是什么？

张总：跨部门的协调，是吗？

谭总：还有吗？

张总：成就感。

谭总：要想提升他们的成就感需要解决哪些问题？

张总：量化成就与平台。

谭总：用什么方式量化成就？

张总：数据，是吗？

谭总：是的，应该是基于战略的成长，挑战性的成长数据最能提升成就感。

张总：那么，平台呢？他们不是各自领导一个部门吗？这是很好的平台呀。

谭总：事业部也好，部门也好，你认为是平台吗？

张总：应该是吧？

谭总：如果我说不完全是呢，你会怎么想？

张总：我一直以为作为一个部门的负责人，你管辖的范围就是平台。

谭总：我不能说你这种认知不对，但是它不够深入，这种认知是组织深井难以突破的根源。

一方面，长期专业化分工导致产生"我的地盘我做主"的局面，事实上，作为职业经理人，你能在哪些方面做多大的主？另一方面，"我的地盘我做主"，大家习惯关注部门内的问题，对部门之外和部门之间的问题往往缺少关注，对客户来说，这恰恰是他们的困难，是更多更难办之处。

张总：那么，怎么办呢？

谭总：回到你最初的困惑上来，管理的根本是管人还是理事？

张总：作为老板，当战略决定之后，管理的根本是管人；作为高级经理人，管理的根本是理事。经过上面的讨论，我产生了这样的认知。

谭总：如果一个高级经理人将心思用在人的方面，他会整天琢磨老板关心什么，在想什么；下属对自己忠诚还是暗中和其他领导关系更近。这样的组织政治味很浓，大家将心思用在你琢磨我、我琢磨你上，用在争斗上，向老板争宠取悦，向对手使坏或拒绝配合，向下属施加恐吓与压力，这样的组织运营效率一定好不到哪里去。

谭总意犹未尽，呷了一口咖啡，接着说：如果这样的组织处于红海竞争态势下，又没有资源优势，很快就会倒下。想想看，你的组织处于什么态势？

张总：我们老板超前布局上游资源，我们有上游资源的优势，但过去拥有的传统渠道被互联网电商和微商等新渠道冲击，优势被削弱了。

谭总：那么，高级经理人的心思是用在管人还是理事上？

张总：大家各扫门前雪，将工作重心放在本部门内，在老板面前争宠取悦的现象还是十分突出的。

谭总：那么，你现在厘清了你的困惑吗？

张总：我应该将精力用在理事上，将大家关注的重点引导到理事方面来。

谭总：很好，管理的根本是理事。想想看，企业从根本上讲是干什么的呢？是提供客户需求的产品与服务，通过这种产品与服务实现盈利和发展。企业为客户提供产品与服务的所有活动都是事，是组织应该做的事，人只是实现这些事的重要资源。发现客户的需求，整合资源来满足客户的需求，这是投资，这是战略，是老板要管的事。作为高级经理人，就是要不断提升做事的效率，不断改善做事的效果。二者的共同点仍在事上，所以，管理的根本是理事。

张总：管理大师吉姆·柯林斯在《从优秀到卓越》中总结卓越公司的成功经验之一是"先人后事"，人们常说"搞定了人，就搞定了事"，不将人的问题列入优先是不是背离了成功经验？

谭总：恭喜你进步了，你在思考上进步了，你已进入批判式思维的境地，这说明你已开始建立高级经理人的底层逻辑。但是，这不矛盾。搞定人是一种领导艺术，是一种内心期许，很难达成；搞定事有科学的方法，有规律可循，是可实现的。作为老板，先人后事，那只是一个阶段而已。长期来看，无论是老板还是高级经理人，管理的根本还是理事。事是组织目标和愿景的载体，离开了事，组织什么也不是。我们强调管理的根本是理事，但并不意味否定"人是实现目标和愿景最重要、最有价值的资源"，我们主张组织应为理好事去提高人的能力，激发人的潜能。

张总：我还没有理解平台的深层含义。

谭总：部门就是负责人的平台，岗位就是员工的平台，这只是粗浅的理解。效率低下的组织普遍存在的问题是对部门缺少清晰的定义，为此，他们对平台是模糊的，他们的成就感因为模糊而不明不白。

张总：对平台还要定义，挺新鲜的提法。

谭总：首先，你要理解什么是定义，定义就是界定部门职责范围，明确流程目标、输入、输出，以及将输入转化为输出的步骤、作业方法和作业标准，并将以上全面细节量化。细节量化的水平高低决定了定义的精准度和清晰度。这样，谁做都朝向一个清晰的目标，都用相同的作业方法，遵守相同的作业标准，与人没有多大关系，离开人，平台还在。相反，如果人走了，事及达成事的流程、方法和标准都随人而走，这个平台就是模糊的。

张总：我似乎明白了，仅建一个部门与组织是不够的，它只是概念或者说是一个框架，将它细节量化，淡化其与人的关联和关系，平台就到位了。

谭总：正是。数据是定义平台与测量平台绩效的必要方法，平台及平台数据清晰了，成就感就自然而然地产生了。

张总：现在我明白了高级经理人的需求了，在于他管辖的范围（平台）和成就感，在于他服务的对象及成果。

谭总：这些和你过去工作时在思维上有什么共同之处？

张总：您是问工作思维方面的底层逻辑？

谭总：是的，厘清底层逻辑对你以后的工作会产生价值。

张总：是对事的理解和理事的方法吗？

谭总：是的，我只是让你的思维聚焦到问题的本质上来。

张总：事就是组织开展的活动，满足客户需求的活动，在ISO9000标准中，事就是将输入转化为输出的过程，过程方法是理事的普遍方法，但其含义更为深刻。

谭总：我很高兴你能化繁为简，事就是ISO9000标准体系中所说的过程。在理事过程中，会涌现各种各样的问题，同一个问题又呈现出各种各样的形态。高级管理者需要穿透表象看本质、抓要害。我们终于在管理的根本是什么方面达成了一致性的理解。

张总：您的这种交流方法具有启发性，好像适用于我和高管之间的沟通。

谭总：恭喜你已穿透底层逻辑了！

讨论

读者问：书中谈到"过程方法是理事的普遍方法",我对此不理解。

著作者：我们从过程视角定义管理开始吧。

管理＝管＋理＝管控＋合理＝管控过程保持合理的状态。

管理是为有效率、有效果地使组织的目标持续地保持过程的合理的状态。ISO9000族标准将过程定义为"过程就是将输入转化为输出的一项或一组活动"。

以上包括几层含义：

1. 管理是为实现目标的活动,是保持合理状态的活动。

2. 管理的对象是过程,过程包括输出(预期目标)、活动和输入三个要素,输出包括效率 P、交付 D、质量 Q、成本 C、安全 S、士气与服务 M 等,输入包括人 M、机 M、料 M、法 M、环 E、信息 I 等,活动可以拆解为一系列步骤。

3. 过程,即实现目标的活动,就是我们通常所说的事。

4. 过程被目标驱动,根据目标策划需要实现目标的过程。

5. 持续保持合理状态,持续指合理状态受时、空、角的影响,需要持续改进。

总之,管理就是理事。理事最优方法是过程方法,具体做法是将事拆解为输出(预期目标)、活动和输入三个要素,将三个要素细节量化,呈现在工作中的就是流程及定义这些流程的各种标准和规范。这样做可以获得更好的理事效果。麦当劳就是将工业领域的过程方法应用到餐饮业的成功典型。

过程方法来源于工程学,管理大师休哈特和朱兰博士先后将其应用于研发和质量管理,1980年代ISO9000族标准诞生,该标准用过程方法编写。从此,过程方法成为成功的经理人和企业理事普遍采用的方法。

人作为资源,是过程的输入之一。过程方法并不否定人的价值,相反,ISO9000族标准对人的意识和能力做出明确规定,提出了具体的要求。

组织活动是复杂的，可以拆解为一组又一组的活动，即一个又一个的过程。如研发过程、营销过程、生产过程等主过程及采购过程、质量管理过程、人力资源管理过程、财务管理过程等支持过程。通常，一个过程的输出是另一个过程的输入。

组织是一个系统，是由若干有一定顺序层级、相互作用、相互依存、相互关联的过程构成的具有特定功能的整体。

过程方法可以帮助组织推进科学的系统的管理。从经验管理走向科学管理，从碎片管理走向系统管理，这些正是当下一些经理人和企业所面临的课题。

在互联网时代，企业的内外关系由直线因果关系扩展到关联关系。通过因果关系可以找到线条，通过关联关系只能识别影响。过程方法成为理解与管理关联关系的有效工具。

对于过程与系统，一些读者理解起来可能比较抽象和陌生，读者可以参阅《系统管理的力量：做一个卓有成效的管理者》一书。

读者问：为什么挑战性的成长数据最能提升成就感？

著作者：成就感是愿望实现及实现过程中产生的一种愉悦的心理体验，它是人的一种需求。人的一生有各种各样的需求，马斯洛将其概括为生理需求、安全需求、社交需求、尊重需求、自我实现的需求。其中，自我实现的需求包括胜任感、成就感等。人在不同状态、不同阶段的需求是不一样的。中高层管理者的需求往往会集中在被尊重、成就感、自我实现这三种需求上。

书中提及的"挑战性的成长数据"是定义目标的，是指目标具有挑战性和成长性。这样的目标实现难度大，当这样的目标实现了，或者在阶段达成过程中，人们会产生一种非常好的愉悦体验。

挑战性的成长数据最能提升成就感，这种认知是建立在马斯洛的心理学原理的基础上。

第八章

价值迷失

上章回顾： 面对组织深井，在谭总的启发下，张总形成了管理的根本是理事的清晰认知，厘清了工作方向，从工作思路迷失中顿悟。

本章重点： 组织活动的初衷是为了创造顾客价值。但是，久而久之，一些活动逐步偏离初衷，人们的意识逐渐麻木，这是典型的价值迷失。社会复杂性、新兴复杂性和动态复杂性更加深了这种迷失。由于时、空、角的改变，管理者经常会为这些活动再增加一些活动及管理这些活动的部门。例如，为保证如期交货增加计划部；为提高物流专业管理增加物流部；为检查合规与有效性增加审计部；为预防与惩治腐败增加风控部……渐渐地，偏离初衷，偏离根本，也就偏离了顾客价值。你的组织是不是也面临这种情形？

组织活动的复杂性

告别谭总,几天来,张总的脑海中不断回放"管理的根本是理事"这句话,现在他面对的问题是如何理事?如何提高理事的效率?

事是组织开展的活动。组织开展的活动很多、很杂,组织要理的事很多、很杂。对于有着多元业务的集团公司,组织要理的事更是复杂。海外临时增加订单15000吨,牵涉海外销售部、生产计划部、制造部海南工厂、物流部、采购部,新增物流供应商评审还涉及财务部和风控部等。以上仅仅是集团公司内部涉及的部门,涉外还牵涉物流供应商、海关、商检、客户、银行等单位。

如果是新品上市呢?牵涉研发部、市场部、销售部、质管部、制造部、采购部、物流部、计划部等企业内部的很多部门,涉外牵涉客户、中间商、卖场(含线上线下)、第三方物流等。

如何有效管理以上复杂活动?如何提升组织活动的价值与效益?张总一直在问自己。他想,理顺海外销售订单交付都那么难,面对组织的复杂活动,感觉就更乱了。"管理的根本是理事"让我确立了工作方向,将精力聚焦到理事上来,但如何将这一思想主张落地,推动工作改善,提升工作价值,需要找到头绪。组织深井降低了全流程的效率,同时,众多的职能和庞大的后勤部门,人数众多,好像人人都有职责、目标与任务,人人都在忙,但是,业务一线与客户却没有获得及时与必要的服务,增补了跨部门流程效果也不明显。该从哪里着手呢?如何着手呢?张总越想思绪越乱,越想脑壳越痛。

说走就走

又是周一，18：05，张总在向老板报告物流业务重组方案之后，顺便向老板告假6天，他要从明天开始一场说走就走的旅行，他需要休息。

他不想让别人知道他的行程，他需要安静，他绕过秘书自选行程。是夜，他打开"去哪儿"的APP，漫无目的地随意搜。不想太累，就国内走走。三年来，他没有陪太太旅游一起走走。金秋十月，新疆或内蒙古草原是好去处，一查酒店，还挺紧张。查查山东方向，旅游人员不拥挤，嗯，就去山东。

第一站青岛。航班于15：15停靠在青岛流亭机场，张总带着妻子直奔酒店，稍事休息后，游泳50分钟，洗却一身疲惫，晚饭后携妻子到海边走走，感觉果然不一样，海风轻拂，从上海这个有着钢筋混凝土的森林里走出来，张总感到这里的风就是风，爽。

一觉醒来已是8：47，已比平日晚睡醒两个多小时，妻子习惯早睡早起，可能去了餐厅。

自由行享受的是自由自在，早膳后便到10：00，夫妻二人打车直奔5A景区崂山。崂山距张总下榻的酒店约36公里，其三围大海，背负平川，海拔1132米，是中国万里海岸线上的最高峰。山脚石阶通往山顶，夫妻二人另寻奇石小径攀爬，手脚并用，乐在其中。12：40，他们登上顶峰，环绕四周，雾去、山明、海澄。"何处寻仙人，幽境隐全真。翠岭逾白鹤，奇峰生紫云。明霞澄天地，潮音悦昆仑。海上有青岛，心中无红尘。"张总低声吟诵道。

此时，张总心澄明镜，眼前山水泾渭分明。他的思绪时而沉浸于山水之中，时而切至事与人的组织画面中：

山如事，纵横交错，绵延千里；

水如人，波涛起伏，变化万端。

登高就会远眺，远眺看到的是轮廓，是总体，忽略细节后看到的是整体；

理事首先应看整体，从整体出发；

整体之美，心旷神怡。

看到眼开眉展的夫君，妻子尽可能不去惊扰，如同秘书随行，尽候吩咐。

第二站泰安。崂山之行后，第二天张总陪妻子逛逛卖场。张总感觉逛卖场比登山还累，累在目标模糊，逛逛逛，不知妻子想买啥，妻子也不知道想要啥，漫无目的。工作如果目标不明确，大概如此，他想，还是登山好。

离沪后的第四天，夫妻二人乘G290列车于12：54抵达泰安，当日下午修整修整，以备体力，明日登山。位于泰安的泰山号称五岳之首，顶峰玉皇顶海拔1545米，总面积为24200公顷，气势雄伟磅礴。按部就班，张总和妻子7点起床，8点出发，中午12：19登上玉皇山，头顶太阳，脚踩万韧之巅，放眼望去，群峦叠嶂，山雾缭绕。张总携手妻子缓步于山顶石阶之上，追寻帝王足迹，豪迈呼豪迈兮。事越是复杂，越是困难，就同绵延起伏的山峦，没有边界，一山又一山，一峰又一峰，深沟峡谷环绕，绝顶众山小，豪情万丈生。

事如山，事连事，山连山，理事如登山，一步一步来。

邂逅

转眼又是周日，该回程了。上午10：40，张总夫妻二人登上G111次北京南至上海虹桥的高铁，商务车厢六个座，但显得空荡荡，仅一人半卧半躺。张总走近，一乘客一跃而起："张总！""谭总！"

"这么巧，这位是？"谭总惊讶地问。

张总：我太太，陪我旅行休假几天，今日返沪。

谭总从北京返回上海，不想却与老朋友邂逅于旅途，喜悦溢满车厢。话过旅行见闻之后，张总将话题引向了对企业变革的讨论。

张总：复杂的组织理事，建立与完善流程，包括跨部门的高级流程，改善流程的流程等，效果不明显，组织部门墙依旧成为提高效率的障碍，人们还是无法走出深井。

谭总：你的困难是？

张总：我的团队还未从复杂性中走出来。

谭总：是你还未从复杂性中走出来吧？

张总：可以这么说，尽管我已明确管理的根本是理事，但我对理事流程的修修补补没有从根本上解决组织深井的问题。

谭总：登山有什么收获？

张总：体会到登山之美。

谭总：美在哪里？

张总：居高临下，环视远眺，层峦叠嶂。

谭总：看到了什么？

张总：山海相连，云雾环山。

谭总：在风景之外，看到了什么？

张总：整体之美。

谭总：这就对了，风景之美在于整体。

张总：是的，我登高远眺的是整体，习惯忽略细节。

谭总：治理复杂的组织活动首先应看整体，从整体出发。

张总：组织的整体是什么，好像比较模糊。

谭总：组织为谁而存在？

张总：顾客。

谭总：组织活动是为了谁？

张总：顾客。有时好像不全是。

谭总：还能具体一点吗？

张总：顾客价值，是吗？

谭总：组织活动的初衷是为了创造顾客价值。但是，久而久之，一些活动逐渐偏离初衷，人们的意识逐渐麻木，这是典型的价值迷失。社会复杂性、新兴复杂性和动态复杂性更加深了这种迷失。

张总：面对订单之惑，您不是希望我认清复杂性吗？

谭总：建立复杂性理解的底层思维，有利于高级经理穿透具体问题的本质要害。今天，我说的是另一种情形，复杂性让人迷失方向。这两种情形在本质上是一回事。想想看，组织活动的本质应该是什么？

张总：为顾客创造价值。

谭总：对你的组织而言，哪些活动没有创造顾客价值？做过这样的梳理与分析吗？

张总：没有。我们将为顾客创造价值仅停留在概念上，没有对组织活动是否为顾客创造价值进行分析，也不知道如何分析。

谭总：流程图会吧？

张总：会。我们写程序文件和SOP（标准作业指导书）都会用到流程图，用流程图描述组织活动比较清晰。

谭总：描述的是业务活动还是管理活动？有将业务活动（也就是工艺流程）和管理活动（也就是管理流程）进行区分吗？

张总：我们还没有建立将二者区分的概念。

"什么是组织整体？"谭总自言自语道。

由战略及目标驱动的组织应用的过程通常由"输入（资源）、活动（步骤）、输出（产品和服务）"三要素组成，活动可分解为业务活动和管理活动，战略驱动目标，目标驱动业务活动，战略目标和业务活动驱动管理活动，这些构成组织整体框架，以及将以上三要素细节量化就是组织全部的商业活动。这些商业活动的初衷是为顾客创造价值，由于时、空、角的改变，管理者经常会为这些活动再增加一些活动及管理这些活动的部门。例如，为保证如期交货增加计划部；为提高物流专业管理增加物流部；为检查合规与有效性增加审计部；为预防与惩治腐败增加风控部。渐渐地，偏离初衷，偏离根本，也就偏离了顾客价值。你的组织是不是也面临这种情形？

张总：正是。

谭总：区分业务活动和管理活动，有利于识别哪些是人为制造的工作，哪些是为创造顾客价值必须做的工作。在组织内，业务流程相对稳定，管理流程应及时调整。业务流程相同的两个组织的管理流程往往不同，同一组织在不同时期的管理流程也不尽相同。

张总：那么，我该如何做呢？

谭总：用好流程图，用流程图描述组织的所有活动，按业务流程和管理流程分开进行，组织大家一起讨论、分析，挑出不创造顾客价值的部分，对能取消或合并的活动进行流程与职责重组；对暂时不能取消的无价值活动暂时保留,并创造条件将其剔除。这种方法,日本丰田公司称之为"价值流图析"。

张总:使用流程图描述组织活动,再进行价值流图析,重构组织流程,而不仅是流程的修修补补,是吗?

谭总:是的。管理的根本是理事,事是组织开展的活动,对这些活动进行价值流图析与价值流重构,价值流图展示组织商业活动的整体,把握整体和根本——顾客价值,不创造顾客价值的一切活动都是浪费。现在,还迷失在复杂性之中吗?

张总:是不是这样做了就能走出组织深井?

谭总:这仅是第一步。

讨论

读者问:书中提及"组织活动的初衷是为了创造顾客价值。但是,久而久之,一些活动逐步偏离初衷,人们的意识逐渐麻木,这是典型的价值迷失。社会复杂性、新兴复杂性和动态复杂性更加深了这种迷失"。这段话不好理解。

著作者:站在顾客的角度来理解价值,就比较容易理解价值迷失。

大型企业,流程长,组织单元多,就像一个社会。社会复杂性是指组织人员错综复杂的关系,如师徒关系、同学关系、同乡关系、老同事关系、亲戚关系,等等,人多了,各种关系交错。组织内外的复杂社会关系自觉或不自觉地干扰组织流程和岗位用工,以及人事安排,进而影响了价值创造。

新兴复杂性是指新技术引发新商业及新商业模式,当组织对这些麻木或反应迟钝,组织内部的变化跟不上外部环境变化时,价值创造的能力就落后于时代,另一种价值迷失悄然而至。

动态复杂性是指时、空、角的改变影响组织对顾客需求的理解和流程效率,流程运行时的场景已经不同于流程建立时的场景,顾客价值和实现方式都发生了改变,而组织却停留在原地,这又是一种价值迷失。

我们需要从"社会复杂性、新兴复杂性和动态复杂性"三个不同的角度,去理解它们对顾客价值和组织创造顾客价值的流程的直接或间接影响。

读者问:书中提及"我们写程序文件和SOP都会用到流程图,用流程图描述组织活动比较清晰"与"用流程图描述组织的所有活动,按业务流程和管理流程分开进行"。这两句话不好理解。

著作者:中国人习惯从职能的视角理解流程,而且,将业务流程与管理流程混为一谈。这样,编写的程序文凭和SOP逻辑混乱。用逻辑树和流程图编写标准化文件比较复杂,关于这一点,我在正写作的《逻辑领导力》中将详细介绍。

读者问:如何理解书中提及的"价值流图析与价值流重构"?

著作者:价值流重构来源于"价值、价值流及价值流图析",这些概念出自TPS(丰田管理模式),读者可以参阅《改变世界的机器》和《精益思想》两本书。这些都是新时代的管理者应该掌握的。

第九章

简法再造

上章回顾： 面对复杂组织及其复杂活动，尽管明确了工作方向是理事，但如何理事及提高理事效率？张总依然毫无头绪。在休假旅游途中，张总邂逅谭总，认识到回归顾客价值、重构价值流是走出组织深井的第一步，是理事的方向。

本章重点： 组织简法再造。在全面贯彻精益价值流思想的基础上，融合移动互联网和大数据技术，实施组织简法再造。简法就是对组织和流程进行"A-再造"，A-意含"减+简"，即减少流程与步骤，减少组织与部门，减少岗位与用人，化繁为简，识别一切的机会，以简制胜。

这个很重要

张总：使用流程图描述组织活动，进行价值流图析，重构组织活动仅仅是第一步。那第二步呢？

谭总：还是先理解好第一步，你能用一个词概括第一步吗？

张总："组织再造"，这是20世纪90年代的热词。

谭总：有些笼统，能再具体点吗？

张总：用精益思维再造组织。

谭总：很好，再具体一点。

张总：用顾客价值再造组织。

谭总：好，击中靶心。响亮而又清晰的主题，赋予团队正能量，好的主题是开启成功的第一步。

张总：我得先做一个方案，报老板核准。我初步考虑这个方案需要明确第三方力量介入，这是您教我的，哈哈。

谭总：谁是领导者？

张总：您说组织再造变革的领导者？

谭总：是的。

张总：项目应该是我和第三方顾问公司来做吧。

谭总：我问的是"谁是领导者"。

张总：您的意思这个很重要？

谭总：是的，明确变革项目的领导者，关系到项目的成败。

张总：老板应该更合适点儿吧。

谭总：还有比老板更合适的吗？

张总：懂了，做变革方案时就明确老板是领导者。

谭总：变革，特别是像你将要推动的这种组织变革，从来都是一把手工程，老板兼任集团的 CEO，他才是最有力的领导者。

张总：做这个方案时我应该注意什么？

谭总：你的目标是什么？

张总：通过变革，突破组织深井，提高工作效率，进而提升竞争力。

谭总：你的困难是？

张总：没有对复杂组织变革的经验。

谭总：第三方力量——顾问公司可以帮助你。

张总：还缺少信任。

谭总：说具体一点。

张总：我担任集团的 COO 快一年了，感觉大多数的时间在东奔西走，业绩不明显，还没有获得各事业部及老板的完全认可。推动这么复杂的、重大的组织变革，各方对我的信任十分重要。

谭总：有些道理。

谭总摇摇头，继续说：如果业绩十分突出，还需要变革吗？

张总：您的意思是说，"正是因为组织深井，效率低下，业绩不好，才迫切需要组织变革的？"

谭总：有这方面的因素。你是要建立信任后再进行变革吗？

张总：可能不能等了。

谭总：再想一想，你的困难是什么？或者说，你的挑战是什么？

张总：老板的信任必不可少。

谭总：当你的方案清晰地展示变革的愿景与目标之后，是比较容易获得老板信任的，但是，老板信任的核心是业绩，用清晰的数据展示出来的超越竞争对手的业绩。

张总：您的意思是愿景与目标这个很重要？

谭总：是的，变革的愿景和目标，首先应取得老板的理解与认可，或者是经过老板确认，是老板的愿景与目标才对。其次，愿景与目标应在团队内部各个层级得到充分沟通，取得一致性理解，它能激发团队打破现状，重构未来。

张总：打破现状会面对阻力。

谭总：阻力来自哪里？

张总：人们不习惯。

谭总：如果打破现状会损害部分人的现有利益呢？

张总：多半会受到抵制。

谭总：这就对了，你需要识别在重构组织流程的过程中打破现状后，认识到哪些人的利益可能受损，他们才是你真正的阻力。他们既存在组织内部，又存在组织外部。

张总：对这些人有解决办法吗？

谭总：取得老板和大多数人的理解与支持，形成变革必胜与使命必达的大势，如同登山一样，一步一步来，不断地取得小胜，巩固和扩展大势。这种大势就是公司的集体利益和未来利益。当个人的利益会损害公司的集体利益及未来利益时，它会换一种"马甲"出现，这时，你要敢于剥掉其"马甲"，用数据湮灭谎言，及时排除噪音的干扰。

张总：您的意思是造势、形成大势与争取步步小胜同样重要？

谭总：当然，树当下正气和讲未来愿景同等重要。变革的动因是通过改善内部来适应外部变化和达到基业长青的。业绩不好需要变革，聪明的老板在业绩好的时候也会推进变革。变革的阻力是人们业已形成的习惯与利益受损者可能的抗拒。当有更好的当下利益和未来利益的时候，习惯是可以改变的。利益是需要调整的，调整到服从公司的整体利益和长远利益上来，不服从调整者才是你要革命的对象。你需要把握的是尽可能避免或减少（缩小）革命的对象。

张总：这不又回到人的方面来了。

谭总：这与管理的根本是理事并不矛盾，事是活动，是流程，通过建立流程来定义活动。理事就是建立与优化流程和流程运行。人们习惯按旧的流程做事，我们的目标是通过流程重构与重组来提升效率。在这个过程中，我们应充分考虑人们习惯的改变，并引导和促进这一改变，识别和排除阻力，其目标还是实现这一转变，由旧流程向新流程的转变。

张总：转变会不会带来恐慌？

谭总：当然会，甚至会带来抗拒和愤怒。

张总：感觉变革充满风险，对个人和企业充满风险。

谭总：风险和机遇是一对孪生兄弟，作为个人，投身于变革，拥抱变革，会顺势而为，得到提升和发展，这就是机遇；作为企业，不变会失去竞争力，变就有无限可能。

张总：如何减少恐慌、抗拒和愤怒，有好主意吗？

谭总：恐慌才是以上一切的根源。首先应做到的是减少或避免恐慌。想想看，有办法吗？

张总：消除恐慌的根源。

谭总：那恐慌的根源是什么？

张总：变革带来的变化与不确定性。

谭总：这就是首先要使变革的愿景和目标得到沟通与理解的价值。

张总：但是，人们会认为是忽悠。

谭总：将大目标分解为小目标，前面强调一步一步积小胜来巩固和发展大势，就是针对这种情况。没有恐慌就不会产生抗拒，没有失望就不会产生愤怒，一切就迎刃而解了。

张总：我的变革方案需要将变革的总目标进行拆分，直至拆解为阶段性的行为步骤，让这些步骤可以产生阶段性成果，这样行吗？

谭总：非常棒！这个也很重要。从目标到行动步骤这一过程是方案的关键，好的策划是成功的开始。

决断

旅行结束之后，张总精神焕发。一周后，他将长达137页的变革方案的PPT花了整整半天向老板汇报。老板笑称，"这是度假旅行成果？要记得隔一段时间去旅行哦。"

在老板的指示下，一周后，谭总受邀参加变革研讨会，会上确认了以下内容。

1. 变革项目的主题：组织简法再造。在全面贯彻精益价值流思想的基础上，融合移动互联网和大数据技术，实施组织简法再造。简法就是对组织和流程进行"A-再造"，A-意含"减+简"，即减少流程与步骤，减少组织与部门，减少岗位与用人，化繁为简，识别一切的机会，以简制胜。

2. 变革的目标：流程效率提升100%，资金周转效率提升一倍，公司的运营收入增加50%，公司的盈利提升一倍，员工的薪酬每年提升15%。

3. 变革的三个重点：流程再造、数字化升级、精益敏捷运营。流程再造与数字化升级是做简法的手段与支持项目，精益敏捷运营体制的建立是目标项目。

4. 聘请谭总作为变革的总顾问，与老板一起担任变革领导小组组长，张总任副组长。

会议整整开了9个小时，他们从组织深井到精益敏捷运营都进行了深入探讨，对路径形成一致理解和认知。

第一步，流程再造——计划用一年时间；

第二步，数字化升级——计划用两年时间；

第三步，精益敏捷运营——计划用三年时间。

会后，张总在谭总的指导下，花了两周时间，将以上三步分别拆解成"一张目标表+一张甘特图"。至此，张总脑海中已呈现出走出组织深井的变革地图。

旅行结束一个月后，组织简法再造变革项目正式启动，中层以上176名管理人员参加启动大会，会议由张总主持，谭总做了辅导性发言，老板做了鼓舞人心的讲话，张总宣布变革领导小组成员和变革计划。

谭总的发言和老板的讲话让管理团队感受到变革的必要性与紧迫性，以及令人鼓舞的发展前景。按谭总的要求，《会议纪要》第二天就被公布在集团的公众号上，给全体员工和外界一个明确而又坚定的信号：决意变革，以变应变。

清单

接下来一个月,谭总在公司进行为期一周的调研,访谈对象包括集团总经理在内的高管共 27 人。五大事业部下属 31 家工厂抽样 9 家,每个事业部大、中、小规模各一家,由谭总的助理小王带队,顾问师 Mak 和 Jack 等三人小组进行为期一个月的访谈,并配合进行了问卷调查。

顾问师的工作效率让张总和老板十分意外,顾问师仅用 49 天时间,便给出了一份 421 页的诊断报告,并浓缩了一份清单式摘要。诊断报告引爆了高管思潮。

在介绍现状调查部分时,顾问师十分清晰地将业务与组织现状呈现出来,老板的脸上露出了会心的微笑。对标分析部分将会议推向高潮,给高管团队一种醍醐灌顶与豁然开朗的感觉,会议的气氛变得热烈起来。以上两部分介绍结束后,谭总示意休息,大家抱着期待的心情等待复会。

在第三部分流程再造中,详细的目标让人振奋。流程由 11 级压缩到 6 级,工厂的职能为 3 级,省区销售的职能为 2 级;集团职能到 CEO,共计 3 级;减少的 5 级通过合并、外包(当外包能降本增效时就外包)和压扁实现。职权、职责下沉,一线背业绩指标,职能背服务指标,职能服务一线,一线服务客户。组织瘦身部分更让人意外与震惊,过去每一家工厂的组织设计都一样,谭总的方案是按运营规模和职工人数来设定等级,由大到小,分一级工厂、二级工厂、三级工厂,对不同等级的工厂的组织设计与编制进行重新设计,一举解决了小工厂犯大企业病的顽症。下图重点介绍了 A- 的四个层层递进的步骤要领。

取消:取消不创造价值的步骤、流程,以及由此设置的岗位;
简化:不能取消的,尽可能简化;
重组:将流程与步骤、职能与职责重组;
重构:从实现顾客价值出发,从目标出发,推翻现有流程,重构新流程。

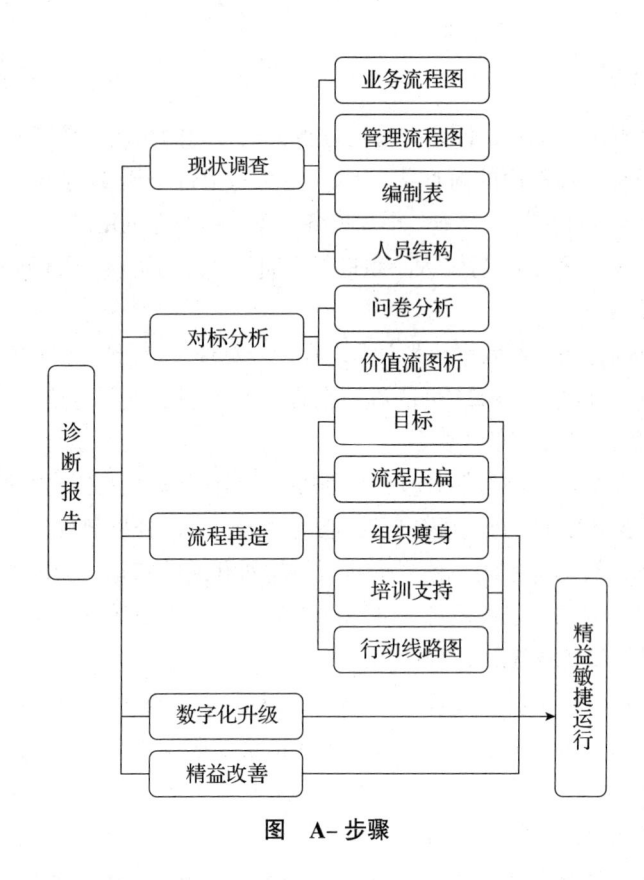

```
                    ┌─ 业务流程图
          ┌─ 现状调查 ┼─ 管理流程图
          │         ├─ 编制表
          │         └─ 人员结构
          │
          ├─ 对标分析 ┬─ 问卷分析
诊断       │         └─ 价值流图析
报告 ─────┤                          ┌─ 精
          │         ┌─ 目标          │  益
          │         ├─ 流程压扁      │  敏
          ├─ 流程再造┼─ 组织瘦身 ────┤  捷
          │         ├─ 培训支持      │  运
          │         └─ 行动线路图    │  行
          ├─ 数字化升级 ──────────────┤
          └─ 精益改善 ───────────────┘
```

图 A- 步骤

数据升级作为手段，不仅打通了信息孤岛，还展示了促进智能制造与智能管理的应用前景，促进企业从低效运营向高效运营的转变。传统产业怎么拥抱移动互联网与大数据思维及新技术，实现制造与运营管理转型升级？谭总团队 Jack 的介绍令老板与高管茅塞顿开。

精益敏捷运营作为变革的目标，使企业实现从低质低效的粗放运营转向高质高效的精益敏捷运营，持续的精益改善是运营转型升级的必要行动。

在识别关键行动之后，将每一个关键行动又拆解成若干具体步骤，以时间（月）为序，进行详细策划，制订出行动线路图，让项目进度可跟踪、可检查、可考核、可竞赛。

以上这种清单式的工作方法引起了老板的极大兴趣,会后,老板留下谭总进行了半个小时的个别交流。

老板:谭总辛苦了,报告很精彩,切中要害,您们是如何做到的?

谭总:甲方已习惯将工作进行拆分,按职能部门分配工作,这样大家不容易看到整体。第三方顾问师不属于任何一个部门或岗位,他们的视觉自然更全面、更客观。

老板:以上报告呈现出的问题,我们甲方似曾相识,但是比较模糊,缺少整体性、系统性和深刻性。

谭总:当然,顾问师是有结构化的模型和思维,以及案例和数据库,结合现状,一一对标准分析,一切便一目了然。

老板:深刻性是怎么做到的?

谭总:从我们的访谈和问卷中得到的信息是混杂的,问题、问题产生的原因、问题的危害与后果、情绪等,什么都有,顾问师会剔除情绪和岗位局限性认知,将问题、问题产生的原因、危害与后果进行层别和归位,在此基础上做分析,既系统又深刻。甲方团队掌握这些并不难。

老板:作为企业的管理团队,感觉这些十分深奥。

谭总:我们乐意与甲方分享这些,希望通过这次变革,让甲方的管理团队逐步掌握变革的思维、逻辑与方法,并同步进行结构化系统思维、跳框思维和批判性思维能力的培养。

老板:今天的诊断报告让我增添了变革必胜的信心,谢谢您和您的团队。

讨论

读者问:简法再造是一种新鲜的提法,能否介绍下这种提法的背景与目的?

著作者:先说一下我的亲身感受吧。我大学毕业后被分配到一个县市级小国营工厂,第二年带队去安徽造纸厂实习,为新生产线培训作业人员。

有一天，我说想见一下厂长，实习工厂的车间主任说：难。

我在单位里经常和厂长在一起，心想：车间主任见厂长不是分分钟钟的事吗？

看我满脸不惑，他接着说：我们只有在年终总结或新项目剪彩时能见到厂长，平时很难。

2005年，我加入恒安国际集团任山东公司的总经理，总部位于福建，老板平均两年才来一趟。山东公司的员工包括中层管理人员很难见老板一面，外来的业务人员更难见上。

在小企业，谁见谁，很容易，互相都认识。在大企业，大部分员工之间互不认识，遇见老板是巧合。

我们可以想象大企业的流程会有多么复杂、多么长。没有在小企业和大企业待过的人是无法将二者进行比较的。

简法再造就是在这样的背景下提出的。

在互联网时代，信息传播变得简单便捷，产品及服务为王，对顾客不产生价值的流程与活动都必须重构或取消，进行简法再造，以适应互联网时代的变化。

读者问：书中提及A-的四个如下步骤。

取消：取消不创造价值的步骤、流程，以及由此设置的岗位；

简化：不能取消的，尽可能简化；

重组：将流程与步骤、职能与职责重组；

重构：从实现顾客价值出发，从目标出发，推翻现有流程，重构新流程。

您能用案例说明一下吗？这样，方便读者理解。

著作者：我通过亲身经历过的案例来说明"取消、简化、重组、重构"吧。

取消：信息化升级后，仓库账务岗位被取消，POS机扫码，IT系统自动生成台账与报表。自动化仓库与IT一体化投入运行，仓库管理员减岗减员82%。

简化：我曾服务一家集团公司，下属36个工厂，遍布全国各地，小工厂有 300～500 人，大厂有 3000 多人，大小工厂的行政、财务、人力资源、质量等支持服务部门的设置及岗位设置都相同。通过对后勤工作成本量化分析，对拥有 1000 个人和 500 个人以下的工厂进行了岗位合并简化，减员 172 人，解决了小工厂犯大企业病的问题。

重组：下文中介绍的销售内勤与计划部计划员和生产计划三岗合一，仓储与物流外包，物流配送计划岗位同步取消。当下，医院的挂号、交费、取药流程重组后，极大提高了时间效率。

重构：有着多产线的大厂一般设置"工务中心、公共事务部、电仪部、设备部"，机电倒班值班人员与常白班人员分属以上各部。这种组织设置基于值班防故障与事后故障检修思维定式，能修好、会修好是目标。我在导入设备以零故障为目标的管理之后，将设备运行管理拆分为"基础管理、点检及运行维护、检修作业"三个有一定顺序相互作用的模块，撤销工务中心和公共事务部，撤销钳工倒班值班，增补工程师，加强基础管理，成立产线维护组，专项负责点检及运行维护，整体减员 19%。以上几个方面工作改善了，设备逐步由故障检修转向预知维修，故障大幅减少，维修费用大幅降低，这两个幅度均超过 50%。设备运行管理目标及思维定式的改变，对设备管理流程和部门设置与岗位设置的重构，效果十分显著。

读者问：书中多次提及"这个很重要"，是针对变革吗？

著作者：科特的"领导变革八个步骤"如下。

步骤一：创造变革的紧迫感。

步骤二：组建强有力的变革领导团队。

步骤三：创建变革的愿景。

步骤四：传递变革的愿景。

步骤五：移除变革中的障碍。

步骤六：创造短期成果。

步骤七：巩固成果并进一步推进变革。

步骤八：将新方法融入企业文化。

书中多次提及"这个很重要"，就是针对变革的关键点。这些关键点与科特的思想一致，也是我亲历五次变革的切身体会。结合故事情节与科特变革的八个步骤去领悟"这个很重要"，对理解组织的复杂性和组织变革会有帮助。

读者问：书中一个小标题"清单"，用清单的方式介绍顾问公司的变革方案，但书中没有呈现这份清单。

著作者：用"清单"作为小标题，但书中以没有出现一份正式的清单，仅呈现清单工作法，这是因为受竞业保密限制。

美国人阿图·葛文德的《清单革命》自出版以来，清单工作法受到欢迎，读者可以参阅《清单革命》一书。

第十章

拔出萝卜带出泥

上章回顾： 董事长及高层通过了谭总的简法再造方案。

本章要点： 张总埋头理事，管理流程重构，取得了"拔出萝卜带出泥"的效果，挤出了暗藏的腐败，出乎意料的是梁植却"中了枪"，张总受到莫名的伤害。

算账与重构

谭总的简法再造方案使集团的组织变革进入实质性阶段。

接下来的一个季度,在谭总的辅导下,公司完成了"1+3+10"的战略规划,即1年工作计划,3年变革规划,10年总体设计。1年是具体可执行、可量化、可考核的行动方案,3年是变革框架,10年是方向性的蓝图,并建立了每个季度的战略与目标滚动检讨机制。谭总反复强调两个必要:战略与目标检讨是基业长青的必要行动;季度检讨替代传统的年度检讨,是应对新时代技术与经济环境变化太快太剧烈的必要调整。

这样一来,张总的工作重心就顺理成章地聚焦到理事上来了。

事是组织开展的活动,建立"管理的根本是理事,是达成事的目标"的清晰认知之后,张总认识到"分工过度,协同乏力"是表层问题,"深井效应"是深层问题。如果将工作重心聚焦于谁是好人,谁是坏人,这工作没法做。为此,就应全力以赴聚焦于事,就事论事,找到工作的突破口与落脚点。张总回想在事业部担任总经理时,通过全面经济核算量化了业绩,暴露出问题,用"结构化+数据化"的呈现方式改善了与老板之间的沟通方式,并增加了老板对自己的信任。他想,我还是应该从改善职能分工出发,减少分工,降低运营成本,提高运营效率,用数据说话。这样,就需要对集团职能部门的职责与目标达成程度进行定义与量化。如何定义与量化呢?公开、透明的程序会带来正当性,还能集思广益。经过反复思考,张总迈出了行动步伐。

第一步：开放式问卷调查，问卷内容如下表所示。

表　集团职能部门工作效率改善调查问卷

姓名：（可以匿名）	岗位/部门：（必填）	联系电话： （自主选择是否填写）
问题1：你认为应该如何定义职能部门的工作目标与效率 （说明：效率是指实现目标的成本耗用，在定义好职责的基础上再定义效率）		
问题2：你认为改善职能部门的工作效率重要的三件事是什么		
问题3：对于集团职能部门的工作改善，你有什么话要说吗		
问题4：你对集团运营管理改善有什么建议		
问题5：你对改善自我工作的需求（服务、支持、授权支持、资源支持）有哪些		

第二步：重点访谈。

将调查问卷实名者全部列入一对一的访谈对象。访谈交流的重点：一是实名当事人的诉求与建议，二是其他问卷共有的与典型的诉求和建议。

第三步：流程再造。

通过第一步与第二步，确认了评价职能部门效率的共性指标有三项。一是直接成本费用（办公耗用、通信等直接耗用）；二是固定成本（办公场地与设施折旧＋人力费用）；三是周期时间（做一件事所需要的完成时间）。

价值流图析推动了公司的算账活动。通过算价值账、成本账，量化了部门及岗位的工作效益，以此来判断部门及岗位设置是否符合初心与目标，决定管理流程及为保障流程的通畅运行所必需的岗位。

销售订单整合。销售订单由销售内勤（岗位一）接收、整理、转呈集团供应链计划部计划员（岗位二）统筹和分解，下达给生产单位（岗位三），生产单位再作产线及班组生产安排，供应链计划分部的计划员同步下达给物流分部（岗位四）。接下来是落实流程再造。通过以上三个维度核算，发现不创造价值的流程太长，固定费用占比高达总费用的 62.7%，重组管理流程十分必要。回归初心，供应链衔接顾客需求与交付，集团内部一头连接销售，一头连接制造，专业分工产生接口，接口又增加了成本，制造出一堆的工作量，这些甚至对周期时间、对效率产生伤害。最好的协同是无须协同，就是合并岗位，减少接口。将以上算账结果与初心比照，建立共享服务中心的想法应运而生，设立集团共享服务中心，将人力资源、财务、法务、计划仓储和物流等职能合并，分区域提供一站式服务，实现职能部门减员 41.1%。其中，销售内勤、计划部的计划员和生产计划三岗合一，仓储与物流外包，物流配送计划岗位同步取消。仓储外包不仅使仓储及内部物流成本减少了 42.8%，而且避免发生偷盗。譬如，行政部负责行政用车与物业管理两项主要工作，将二者外包，撤销行政部。行政部有 23 个人，包括经理 1 人，人力成本为 273 万元/年，办公及设施折旧 123 万元/年，空调电费及其他办公电费与耗材 11 万元/年，全年共计费用 406 万元，外包后仅发生费用 112 万元/年。而且，服务与保障得到根本性的改善，公司与外部契约关系比内部不同层级之间的控制关系更好地改善了服务，买卖关系让履行职责的"被动式"服务变成了求生存的"主动式"服务。

组织与岗位设置。过去搞岗位测评，是圈内思维，流于形式；现在打破边界，通过算账来决定组织和岗位设置，这还是件新鲜事。

以上的关键点是流程与岗位的设置，要算价值账和成本账，怎么做到价值最大、成本最低、速度最快？埋头理事一年来，成果十分显著。其中，生产与仓储物流减员 3729 人，减员幅度 27.7%，制造与物流成本下降 11.2%，并且第三方测评顾客服务对产品质量的满意度由 72.3% 提升到 89.9%；销售系统减员 4675 人，减员幅度为 49.6%，销售费用下降 9.2%，人员一般费用由 12.2% 下降至 3.6%（对销售额），降幅为 70.5%。

挤出效应

不算账不知道，一算账吓一跳。销售减员 49.6%，人员一般费用按理降 50% 左右就对了，可实际降幅达 70.5%，减员顺便挤出了隐藏在人员差旅费与交际费之中的猫腻。

仓储物流部门的挤出效应更是触目惊心。过去，海南有仓管员417个人，仓储由多人负责，但多人负责等于没人负责，每年都发生偷盗。现在，仓储管理责任外包，工厂仅配置7个人，对账与稽核堵死了偷盗的路。在变革过程中发现：尽管公司用友NC运行10年了，但海南生产公司还存在大量手工账，没有货位管理，无法盘点或公司借故避免被盘点。经稽查，7126吨产品已出库2～41天不等，价值8917万元。仔细思量，问题就清晰了：既然在NC账目没有体现，门卫凭什么放行？仓储凭什么发货？销售凭什么收款？简法再造行动，将海南仓库外包之后，生产原材料单耗下降5.3%。5.3%左右的产品被明目张胆地"偷盗"，借先出货后入账之间的时间差进行多出货少入账的方式完成偷盗，一年损失的价值高达两亿元以上。难怪推动海南工厂组织与流程变革阻力巨大。在海南公安机关侦查介入之后，揪出腐败分子16人，立案判刑6人，开除10人。

管理混乱的背后往往是腐败。经济腐败通过用人腐败来实现，人与人结成链条，形成团体式腐败。想到这里，张总对老板决心变革增进了理解。

莫名的伤害

金秋十月，变革理事的累累硕果让张总倍感欣慰，简法再造不仅实现了减员增效，还意外收获反腐、降耗、增效的成果。

跨过沟壑，登上高峰，将高山踩在脚下，人生豪迈。在张总的心中，高山就是困难，沟壑就是阴暗面。

正当张总踌躇满志之时，却被告知董事长决定从即日起让其不再分管供应链业务，而是筹备信息化升级再造项目。

海南仓储的变革已经完成，刚刚着手打破物流半垄断的局面，事情进行到节骨眼儿上，却让他脱离，张总一时茫然无措，失落又气愤。

三天后张总才得知，海南工厂仓储经理梁植因收受贿赂被拘捕，传言梁是张总的外甥。

为推进海南仓储与物流变革，为突破内部人际关系网，张总确实明确指示HR招聘一位经理负责海南工厂仓储与物流部的工作。此前，他并不认识梁植。只是在与HR讨论时，他发表了意见"梁有在中小型公司任运营副总的经历，分管过供应链，曾担任一个工厂仓储物流变革的重任，应能胜任"。

梁上岗前，张总和集团供应链的总经理一道与梁进行过一次深度的交谈，介绍了海南外部物流半垄断的局面，以及可能与内部人员勾结，提示梁仓储与物流变革是一场硬仗，希望梁洁身自律，锐意前行。

张总埋头理事，管理流程重构，取得了"拔出萝卜带出泥"的效果，挤出了暗藏的腐败，出乎意料的是梁却"中了枪"，张总受到莫名的伤害。

抬头凝视窗外，张总想，对手出手有点狠，挖了一个坑，队友确实有贪性，我怎么没有丝毫防备呢？变革面临的斗争比想象中的要复杂。

董事长办公室安排了对海南工厂运行管理的全面审计。张总也陷入泥潭之中。

张总有话要说，又觉得无从说起，一切与出发点背道而驰。他也无法接受这样的现实，他以为自己没有也不应该为梁背书，梁只是派出的一名基层管理者，他的委派行为只是履行岗位职责而已。当前，公司内外流传各种各样的解读，甚至在梁身上贴上他的标签。

面对这些，他只能选择沉默，静候公安侦破结案。

讨论

读者问：压扁流程，减员增效，这是当下的普遍共识，但实际执行却很难，书中的案例可复制吗？

著作者：书中案例的做法可以复制，企业的状态差异决定了落地的程度与步骤差异。

绝大多数企业处在红海的激烈竞争之中。在技术、设备、材料等高度同质化的背景下制造同类产品，唯有精益运营管理才能让企业有机会处于不败之地。压扁流程、减员增效，是落实精益运营管理的重要措施之一。

读者问： 书中的主角张总，明明在大胆推动海南仓储物流的变革改善，老板对他的工作调整是不是有些过分了？我刚刚升职为经理，如何避免被坑？

著作者： 老板对张总的工作调整属于正常与正当的行为，没有什么不妥。当事人张总可能感觉有些过分，但换个角度讲，让张总脱离与争议相关的工作，是让真相快速水落石出的恰当安排。老板通过这一安排，还可测试张总的抗委屈能力。

你刚刚升职为经理，无历史包袱，一切从工作出发，一切从公司的利益出发，放手工作，才是正途，不要陷入思考"如何避免被坑"的烦恼中。时间与阅历会增进你对"坑"的理解与防御。

读者问： 职场腐败太可怕了，当老板难啊，有简单易行的妙招吗？

著作者： 职场腐败是因管理缺失或管理者腐败造成的，防治腐败简单易行的妙招倒是没有，根本的原则还是有两条：一是加强基于信息化的制度与流程建设；二是坚持"用人要疑，疑人要用"的原则，其道理我在本书下篇 CEO 文萃《"用人不疑，疑人不用"是一种误导》一文中进行了系统的阐述。

第十一章

巅峰时刻

上章回顾：流程简法再造，拔出萝卜带出泥，挤出了暗藏在流程与职能中的腐败。意外的是张总也受到莫名的伤害。

本章概要：张总接手CEO，登上职业生涯的巅峰，这是由旧时代命令与控制式管理转向新时代教练与激发式管理的结果。简法再造之后，信息化升级再造又进入实质性阶段，在线化让公司的管理流程再造迈向巅峰。这些在五年前简直不可思议。

出任 CEO

这一年的春节，张总闷在家中，海南梁植案件没有结案，自己的清白无从诉说。近几个月来，他负累前行，虽已阳春三月，他内心却了无春意。

四月初，桃花谢了，山上的一抹红渐远，嫩绿重回大地。

清明后，4月7日夜20：21，惆怅中的张总接到老板秘书小田的电话通知，明天上午9：00，老板约他到会客室面谈。

是夜，张总辗转反侧，在床上翻来覆去，他又失眠了。

老板会谈些什么呢？小田也没有交代具体内容，是梁植的案子吗？可我对梁植工作的具体事情并不知情，梁与我相隔三个层级呀！如果老板问我对梁植犯法应承担什么责任，我该如何回答？从自我严格要求来看，海南工厂团体腐败案子，梁植经过我本人授意外聘并同意任命，我负有失察的责任；从实际情景来看，我察觉海南工厂存在腐败，从仓储物流入手，本意是切断内外结伙偷盗的链条，揭开海南工厂团体腐败的盖子，我是在正确履行职责，不说是功臣，但也算尽职尽责。梁植犯案，让我有理说不清。要不要辞职回家？如果这样，不清不白地离开，岂不是要背一世黑锅！

张总心有不甘。

第二天上午8：55，张总拖着疲惫的身子，抵达老板会客室等候召见。一进门，小田热情地迎了上来，"张总，您没休息好？脸色不太好，我给您上杯茶还是咖啡？"

张总：咖啡吧。

小田递上咖啡，并随口说：老板一会儿就到。

9：01，老板推门而入，秘书将老板的紫色茶杯放在茶几上，转身离开，并顺手带上会客室的大门。

张总起身迈步迎向老板，老板微笑点头，示意张总坐下。

老板：组织简法再造已取得阶段性成果，你看下一步我们的重点应放在哪里？

张总：您说的是运营变革吗？

老板：是的。

张总：压扁流程和组织瘦身两项措施割掉了组织的赘肉，实现了减员增效，但部门之间信息沟通仍不通畅。我认为应该将信息化升级再造纳入下一步重点。

老板：我让你着手信息化升级再造项目有一段时间了，你有哪些困难或者资源需求？

张总：对公司业务流程的梳理基本完成，这部分内容比较客观，由工艺决定，不存在模糊的地方。但是，刚刚进入管理流程的梳理，这部分会牵扯到职责职权的调整，牵扯到各职能部门，部门之间、职能部门和事业部之间的职责权限比较敏感，我不好拿捏，需要您来掌舵。

老板：谭总提示我应先从线下梳理清晰，并明确定义业务流程的管理职责，再上线，需要 CEO 多花一些时间，参与到这些流程的梳理与职责的定义中来。面对这些工作，我担心自己的身体吃不消，董事会决定，我不再兼任 CEO，由新的 CEO 来负责。

张总心里咯噔一下，他极为震惊，心想，我的工作可能要到此为止了。今天老板约我是不是示意我为新来的 CEO 让路？

老板看出了张总神情上的震惊和恍惚，停顿下来，拿起茶杯，喝了一口，接着说：你看谁比较适合接任 CEO？

张总：我没有思考过这些。

老板：现在不就是让你思考吗？

张总静思了一会儿，喃喃自语道：内部好像没有合适的人选，外部……这两年谭总辅导我们变革，他年龄近 60 岁，身体挺棒，我看聘用谭总担任 CEO 好像比较合适。

"哈哈哈"，老板大笑起来，接着说：董事会多数成员也这么想。但是，大家忘记了我们和谭总所在公司是有合约的，我们不可以聘请谭总为公司职员。不过，谭总向我推荐了你，你看如何？

张总：我？不可能吧！

老板：你有顾虑吗？

张总：感觉很突然，没有思想准备。

老板：现在想想看，有信心吗？

张总：我不是陷入供应链仓储物流变革争议中了吗，这不合适吧？

老板：做事，认真、用心就好。做事招惹争议是很正常的，组织流程与职责调整会牵涉利益调整，总会有人说你好，有人说你坏。担任 CEO 会招惹更多的争议，甚至要承受不白之冤，到时你是无法解释清楚的。有些事情，如果解释、昭告天下，会失密的，你要做好思想准备。

张总：承受不白之冤的思想准备吗？

老板：是的，这也是一种责任担当。

张总：那关于我聘用梁植为海南仓储物流经理一事的争议呢？

老板：为何提及此事？你还没放下？

张总：春节以来，我没有睡过一个好觉。

老板：清者自清，浊者自浊。这件事情已经过去了，梁植的事情，公安与法院会依法处理，我让许律师跟进这个案子。梁是梁，你是你，该干嘛就干嘛，如果纠结这些枝枝节节，那么你心会负累，会影响工作和身心健康的。

张总长舒了一口气，感觉疲惫全无。

老板：你还没有回答我。

张总：是信心吗？

老板：出任 CEO 有信心吗？

张总犹豫了片刻，低声而坚定地回应道：有。

张总眼眶充满了泪水，所有的委屈与心酸都化作了满眶泪水。

老板会意地笑了笑，说：作为一名高管，承担一些委屈，甚至不白之冤是正常的，以后你会体会更深的。

停了一会儿，老板接着说：你的任期是三年，我们之间有 3 个月的过渡期，7 月 1 日正式履职。下周我让小田理一份清单，列出我担任 CEO 的工作与时间安排表。关于信息化升级再造方面，你跟谭总约个时间，他有一些思考会与你分享。

信息化之困惑

受张总之邀，4 月 15 日下午 2：00，谭总准时来到张总会客室，两个老朋友一见面就紧紧抱在一起，个中的心酸在拥抱之中化解。回想五年前的沮丧与无奈，到今天挑起 CEO 的重担，张总对谭总的敬佩与日俱增。

大约进行 10 分钟的寒暄之后，二位步入了正题。

张总：Jack 关于信息化与智能化的方案介绍拓宽了我们的视野，老板已确认将信息化升级再造作为当前工作的重点，并希望我花时间多下功夫。

谭总：很好呀，你打算怎么做？

张总：业务流程再造，Jack 和 Mack 给予了我们很大的帮助，我们已完成了流程自动化填平补齐，填补局部流程由手工向自动化升级。接下来的半年，我们将完成工业数据在线化，这需要增加一些传感器、存储器等，数据传输就借助移动互联网，这不仅极大地减少了投资，而且让全球业务在线化成为可能。

谭总：你的困难是？

张总：管理流程的重构涉及部门与岗位职责的重组，又会让权益之争浮出水面，让问题复杂化。

谭总：避免复杂化，你有应对之策吗？

张总：一切以公司的利益出发，一切以公司未来的利益出发，我做好了思想准备，面对"噪音"的思想准备。

谭总：你这只是被动面对，有主动应对之策吗？

张总：我们还可以主动？

谭总：当然，听说过流程与信息化之"屁说"吗？

张总：网络上盛传，20 年来从未停歇。说是外国咨询公司顾问给中国企业诊断，开出了两个方子，一个是 BPR（Business Process Re-engineering，业务流程再造），另一个是 ERP（Enterprise Resource Planning，企业资源计划系统）。但是，这两个方子都不起作用。网民因而将"两 P"（BPR 与 ERP）嘲讽为"两屁"。

谭总：思考过个中原因吗？

张总：没有深入思考，感觉成功率比较低。

谭总：成功率为什么会比较低？换句话说，失败率比较高的原因是什么？

张总：没有切合中国企业的实际，水土不服，是吗？

谭总：未免过于简单化。

张总：舶来思想与方法，水土不服，这好像是社会上比较普遍的认知。

谭总：哈哈，可别掉进第一印象陷阱。

张总：第一印象陷阱，没听说过。

谭总：遇上问题，人们对首先获得的信息比较容易接受，进而形成判断，当大脑里面存留了这样判断，就不自觉地排斥后续信息。如果你接收到小陈夸大业绩的报告，形成好大喜功的判断，后来，你又接收到小陈埋头一线的信息，你很容易冒出"这家伙搞什么鬼，是不是别有用心"的疑惑。事实上，夸大业绩的报告是因为作出评判的人不了解小陈业务的价值而形成的误判。通过多项与多纬度调查，小陈是一个比较低调与务实的中层管理者。人们在工作中比较容易相信第一信息或第一印象，而事实上并非如此，这就是第一印象陷阱。

张总：如何避免？

谭总：遇上问题，不要急于下结论，不要盲目纠正，这是第一步。

张总：还有第二步？

谭总：不要相信第二手信息，重视现物、现场与现实，做一个

"三现"主义者,这是第二步。

张总:第三步呢?

谭总:逻辑思考。区分现象与现实,区分原因与结果,剥离情绪与事实,进行逻辑思考,得出的判断才是可信的。这是第三步,也是极为重要的最后一步。

谭总停歇了一会儿,意味深长地说:作为CEO,责任重大,相信第一印象是非常危险的。深度思考、逻辑性思考,比听取汇报更重要。

张总:您是提示我"凡是多问几个为什么",是吗?

谭总:嗯,汝可堪大任也!

谭总话锋一转:还是回到我们的初始议题上来吧,水土不服是现象,是结果,不是原因。

张总:那原因是?

谭总:我主持或参与70多个国家的上千个项目,成功率比较高,也分析过本公司和其他顾问公司数百个项目失败的原因。概括地讲,失败的根本性原因就三条:

一是主要负责人缺席或极少参与。

二是没有以流程化与标准化为先导,线下流程与标准都没有理顺,线上自然依旧混乱。由于线下面对面的沟通少了,线上甚至更麻烦。

三是以买代建,误以为管理是可以花钱买的。殊不知,信息化与智能化花钱是必要的,但仅花钱是买不来管理、信息化与智能化的。这些需要企业管理与技术团队投入精力与时间,在投入中学习与提高技能,它是企业的一种能力建设。

"屁说之惑"是误将现象当本质。近几年在工业4.0浪潮的推动下,以上三点得到了显著改观,国内"两P"的成功率大幅提高,"屁说"之声渐弱。

现在,对如何主动应对复杂性有答案了吗?

张总:项目的效果成为消除"噪音"的利器。当信息化升级再造项目效果达到或超越预期时,"噪音"将自动终止。

谭总：这才是问题的关键。在业务流程再造与在线化方面，Jack 和 Mack 会帮助你，在管理流程再造与 e 化方面我会帮助你。我们需要制定一个详细的行动方案，计划的颗粒度要到周，以周为单位。

两个小时的会晤结束了，双方起身异口同声地说："我们来一起巩固和发展简法再造的成果，谢谢！"

沉思

时间过得太快，明天就是 7 月 1 日了，张总即将正式接手 CEO 的重担。是夜，张总在书房里踱来踱去，陷入沉思。

接手 CEO，登上职业生涯巅峰，是由旧时代命令与控制式管理转向教练与激发式管理的结果。简法再造后，信息化升级再造又进入实质性阶段，在线化让公司管理流程再造迈向巅峰。这些在五年前简直不可思议。

Jack 的谈话又浮现在耳边："没有在线化就没有智能化，数据在线化是智能化的开始。""我们谈大数据与互联网，离不开在线化与算法。"

当前，就是要在流程的定义与细节量化上达成共识，加大对数据自动采集与传输方面的投入，以此加快推进在线化。

Mack 介绍道：算法是根据需求来设计，根据业务与管理的需求来设计，企业只要将需求弄明白，其他的事交给专业人员（云计算专业工程师）去解决。

与老板一起的三个月过渡工作通过联席会议来进行，张总已清晰地看到：老板的日常工作是在理解需求、整合资源和跟进结果，较少参与过程。

张总意识到，自己的工作重心应从过程管理转移到战略性的目标管理与实现目标所需资源的整合方面上，必要时参与到重点项目的过程管理中去。

……

巅峰之路让人兴奋难眠。

讨论

读者问：很多经理人没有张总这么幸运，他们往往熬不住，书中的张总太理想化了吧？

著作者：美的集团的方洪波，格力集团的董明珠，就如故事中的张总，但这两位的成就超越了张总。从方洪波、董明珠、张总的发展历程中，读者应可以深刻体会到自身努力与终身学习的重要性。杰克·韦尔奇幸运地晋升为通用电气的CEO，与他同步培养与成长的同事却失去了成为通用电气CEO的机会，成了其他公司的CEO，人生照样精彩。机会总是留给有准备的人。张总的幸运来自他及时地开放学习与自我变革。

书中的张总是否太理想化，我不作评判，不过，借用马云的一句话共勉：因为相信，所以看见。

读者问：高管需要承受不白之冤吗？

著作者：是的。高管的部分工作带有保密性质，牵涉到这方面的不白之冤是不能澄清或者解释的，他们对一些内容还要终生保密。

读者问：文章结尾部分好像暗示张总升职CEO后，工作职责和方法需要做出调整，是吗？

著作者：不同层级的管理者，管理的对象不同，工作职责发生改变，工作方法也需要做出相应的调整。CEO的工作职责不同于COO，工作方法需要做出调整。在职场中，这一点往往被忽视，人们习惯用旧思维、旧方法应对新工作、新问题。我在工作中遇见太多这样的案例。一个同事从经理岗位晋升为总经理，两年不到就离职了，后面是接二连三地换工作，确切地说，是接二连三地找工作，原因是用当经理的思路和方法做总经理的事，处处碰壁。另一个同事，从班长岗位被挖角到竞争对手公司担任生产副总经理，这家竞争对手公司引进了相同的生产线。五年后他找到我，希望帮他介绍工作。我与他聊聊就知道他为什么得找工作，原来，五年来，他职位变了，其他一切都没变。后来，我建议他从中层做起，这样角色跨度不会太大，容易适应。

读者问：书中提及"没有在线化就没有智能化，数据在线化是智能化的开始"，怎么理解？传统制造怎么升级为智造？

著作者：智能化＝流程化＋自动化＋信息化＋数据在线化＋算法，互联网与物联网的发展，让数据在线化技术日渐成熟，普遍化应用成为可能，相信不久将成为现实。智能化是多化集成式发展与算法结合的结果，数据在线化是基础，没有数据，就没有算法，为此，数据在线化是智能化的开始。

传统制造＝流程化＋自动化＋信息化，也可能还停留在半自动化、局部的碎片式的信息化。传统制造升级为智造，首先应完善前面三化，接着在数据在线化上进行投入，算法的事情可以委托云服务公司。需要强调的是：仅制造流程化是不够的，还要管理流程化；仅在线化与算法投入是不够的，"流程化＋自动化＋信息化"这三化的完善需要下功夫。"流程化＋自动化＋信息化"需要时间与精力的投入，"在线化＋算法"需要财力的投入。为此，传统制造首先要从管理现代科学化、流程化上下功夫，仅花钱买不来智能化。

第十二章

平台化运营

上章回顾： 流程简法再造之后，信息化升级将流程再造工作推向了一个新的高度，张总也因此升职为 CEO，迈向职业巅峰。

本章要点： 信息化升级再造之后，为向一线授权创造了条件，这是我们要做的。一些组织反其道而行之，不是增加授权，而是进一步集权，扼杀了员工的自主性和创造性，流程的效率也大打折扣。通过信息化平台的建设，实现化零为整，流程效率呈线性增长，这只做对了一半。在数据化和信息化的基础上，责权下沉到一线，实现化整为零，让流程运营效率呈几何级数增长，这是重要的另一半。

从碎片走向整体

7月6日,新上任的CEO张总主持了信息化升级专题调度会,Jack的报告和谭总的发言引起了与会者的共鸣。

Jack:集团的信息化建设,需要按以下步骤展开。

1. 以BI为先导的顶层设计。高层需要确认商业分析智能决策需求。我这里可以提供当下技术能支持哪些需求。

2. 账套设计。各个事业部和销售部都是成本或利润中心,各自一套账,集团合并报表时需要做大量重复的工作,重新录入数据。账账核查靠人工,工作量大并且易错。新的账套设计以资本为纽带,科目、子科目、子子科目设计,从会计科目到组织科目,再到产品科目,编码统一,数据直接打通,在一个系统里数据采集或录入一次就好。套账设计既满足方便运营及决策分析,又能实现合理、合规避税。

3. 主数据设计。物(含厂房、设备、物资、物品等),分类编码。线下的物品物料,就是线上的主数据。编码的唯一性和有序性很重要,影响系统运行速度和数据准确性。

4. 流程梳理。流程是做事的方式和步骤。简法再造后,各事业部IT系统中的流程支离破碎,需要按简法再造之后实际运作需要,将管理流程全面梳理。在梳理每个流程时,同步设计与业务流、管理流相对应的表单,如申购单、送货单、验收单、出库单、项目竣工验收单等。所有这些单据一定要清晰定义,统一编码和严格执行。从财务角度看,可以归纳为"三个入,三个出":"生产入库、采购入库和其他入库"三个入库单据;"销售出库、材料出库和其他出库"三个出库单据。在这些流程与单据的设计过程中,应清晰定义或明确授权,这部分设计需要各级主管和CEO认真审核。

5. 测试。每个流程和对应单据都需上线测试,测试是系统运行的必要过程。

6. 上线试运行。共有四步:第一,要识别用户,向用户提供必要的IT操作培训;第二步,将基础数据和初始数据集中同一个时间段录入系统,完成数据初始化;第三步,在专业人员(软件服务商和集团Data工程师)指导下试运行;第四步,将试运行过程中出现的问题一一排除,通常跟进两个月就可以了。

7. 交割。软件公司向用户提交《系统使用手册》,"用户"包含系统中不同专业、不同层级的所有用户,对照手册一一验收。

1～4步计划完成时间为7个月,5～7步计划完成时间为5个月。

Jack报告之后,谭总补充道:顶层设计非常重要,管理和决策需要决定系统架构。Jack报告提及的1～4步在一些企业里往往被忽视,各级管理人员缺少上线前的充分参与和时间投入,线下没有厘清的事情,线上更厘不清。一些企业甚至认为系统是IT及财务部门的事,不关心,不参与。我们需要做的是,通过上线前1～4步这一系列动作,厘清流程,优化流程,从而提高效率。

张总:我们希望通过信息化升级,突破组织深井。

谭总:信息化升级可以打通信息孤岛,每个事业部和销售部及所有仓储部的数据都可以打通,实现数据及时化和可视化。必要时,可以连接上游供应链商和下游重要客户数据,设计时我们都会留下接口。在此基础上,扩大简法再造成果,不仅在线下压扁了流程,通过线上打通数据,还可以扩大管理幅度,这样,就迈出了突破组织深井极其有价值的一步。

与会者甲:谭总好!打通信息孤岛,让数据及时可视,这些我们能理解,但后半部分您说还可以扩大管理幅度,能否解释具体一点？

谭总：好的。通常，管理者的管理幅度是5～7名下属，也就是管辖5～7个部门，这就很多了。但是，在数据的支持下，管理者管辖的幅度可以提高3～10倍，甚至更多。这样一来，管理的层级可以进一步压扁，管理岗位会大幅度压缩。管理岗位少了，跨部门沟通自然随之大幅度减少。部门、管理岗位少了，深井个数自然减少了。这些就是迈出突破组织深井极其有价值的一步！

停顿了一会儿，谭总进一步解释道：组织就像一张网，传统的集团组织要么就像一个高大的金字塔网状结构，层级多，流程长。要么就像一个复杂的井字式网状结构，是纵向与横向相结合的矩阵网，部门多，多头管理，多向汇报。我们即将实现的组织是围绕CEO展开多个点，每个点再联结10～100个点，整个组织是三层网状结构，一个点对应一个上游，3个点直接就连结到顶部。以上仅是解决深井效应至关重要的第二步。第二步就是信息化升级再造组织，这一步实现了化零为整，从碎片走向整体。第一步是以前介绍的简法再造。

与会者甲：信息化升级再造组织时可以扩大管理幅度，这个很有道理，是一个思维突破。但实现了化零为整，从碎片走向整体，还是不太明白。

谭总：我们先理解一下组织如何碎片化。组织小的就像一面镜子，是一个无缝的整体。随着业务的扩大，组织规模随之扩大。组织的层级在增加，平行部门也在增加。久而久之，不同的部门形成不同的文化，销售部不同于财务部，研发部不同于计划部，等等。在人员选拔时，高级经理往往从本系统低级中产生，低级经理往往从本系统职员中产生。部门井与部门墙就这样产生了。时间和绩效考核会强化本位主义，加深了井的深度，增加了墙的厚度。这样，这面镜子就像破碎的镜片。管理大师彼得·圣吉将这种现象称为组织碎片化。

信息化就像胶水，将碎片粘结成整体；信息化就像高速公路，打通部门墙。但是，这些还不够用，只是在形态上从碎片走向了整体。以上仅是第二步。

阿米巴

与会者乙：听谭总的意思，还有第三步、第四步，这未免太复杂了。

谭总：第三步是必须的，第四步或者更多步骤则需要具体问题具体分析，视情况而定。我们的任务是将复杂组织管理简单化，第一步简法再造就是简化，第二步信息化升级再造组织依旧是简化，以上两步均是从流程设计的角度简化组织，方向是化零为整。第三步，反其道而行之，化整为零，简化流程，在数据颗粒更清晰的基础上，通过导入阿米巴运营模式，划小核算单位，责权下沉到一线业务单元，员工的责任感和成就感油然而生。当一线员工"人人是主人，人人是CEO"，就是从机制上简化了运营。我在这里强调的是从机制上，这有别于从流程上的第一步、第二步。复杂组织的治理，既要从流程上解决问题，又要从机制上解决问题；既要从顾客到现场，自上而下，又要从现场到顾客，自下而上，这两者结合起来就会走出组织深井。在此，我要强调一点，信息化升级再造后，为向一线授权创造了条件，这是我们要做的。一些组织反其道而行之，不是增加授权，而是进一步集权，扼杀了员工的自主性和创造性，流程的效率也大打折扣。通过信息化平台的建设实现化零为整，流程效率呈线性增长，这只做对了一半。在数据化和信息化的基础上，责权下沉到一线，实现化整为零，让流程运营效率呈几何级数增长，这是重要的另一半。

与会者丙：我们如何解决流程中权责可能出现的腐败问题？

谭总：这个问题问得非常好。当数据可视透明后，一切尽在阳光下，只要我们做好数据分析、历史分析、目标分析、标杆分析，以及预警管理，即在IT系统中进行异常报警设置，以权谋私的现象会被及时发现，腐败行为难以藏身。

张总：当下，我们需要通过信息化升级深化简法再造成果，同步推进精益管理,精益管理的核心是建立由下而上的问题解决和持续改善的机制,它是明年即将推行的阿米巴运营机制的重要补充。这两个机制的核心就是要将管理方式由"命令—控制式"转向"教练—激发式"。集团高层会议决定当下工作的三个重点:一是信息化升级再造;二是精益改善机制建设;三是管理方式的转型。

集团管理学院让组织中层及中层以上人员参加教练技术学习。学习将采取沉浸式教练法,就像学习游泳一样,教练引导学员沉浸到模拟的课题中来。课题来自现场,教练引导学员实操,学员是课堂的主角,教练是辅导角色。

当以上问题准备好了,阿米巴运营就能水到渠成。各级管理者更多的是教练角色,员工都是CEO,面向市场,面向顾客,万马奔腾。

红海扬帆

接下来的一年半,大家既紧张又充实。时间紧张,想按计划推进变革与改善,提高管理和领导技术,一次做对。这段时间,各级管理者的工作量明显增加,整理流程需要加班;培训下属需要备课。但是,这是一个增值之旅,梳理流程和重写标准,无意当中提升了结构化思考力和逻辑呈现的能力;走上讲台,更是促进管理理论和工具融会贯通。东方人本文化和西方流程文化融合,打通了管理思维的"任督二脉"。多数管理者越来越像睿智的教练。

经过三年变革,居于组织指挥系统中的管理人数下降57%,改善委员会和管理学院的管理人员增加69%,这些管理人员更多是从指挥官变成了精益改善专家和教官,管理者人数一降一增,是运营管理方式根本性改善的结果。过去,管理者被迫忙于"救火",疲于奔命;现在,管理者忙于应变,应对技术变化和市场变化,极大提高了应对不确定性的能力。当企业内部跨入敏捷运营时,外部变化比较容易被洞悉与洞察。否则,无从判断问题是出在内部还是外部。做好了内部的确定性活动,就比较容易应对外部的不确定性,企业的战略管理能力大幅提升。

三年变革下来，业绩改善十分显著，全面超越了变革目标：流程效率提升116%，超出16%；资金周转率提升1.37倍，超出0.37倍；公司营收增加125%，超出75%；公司盈利总额提升1.9倍，超出0.9倍；员工薪酬平均每年提升19.1%，超出4.1%。营收和盈利增长均超过百分百，但员工总人数仅增加21%，其中管理人员人数降低19%。老板对此非常欣慰，心想，几十年来在红海中发展非常不易，付出多、盈利少，稍有不慎就会亏损，随时都有可能倒下。现在好了，红海扬帆，企业这艘巨轮乘风破浪，董事会要做的是掌控方向。

回想创业的艰辛，企业现在可以如此运营，老板沧桑的脸上挂满淡定的笑容。

讨论

读者问：书中提及"一些组织反其道而行之，不是增加授权，而是进一步集权，扼杀了员工的自主性和创造性，流程的效率也大打折扣。通过信息化平台的建设，实现化零为整，流程效率呈线性增长，这只做对了一半。在数据化和信息化的基础上，责权下沉到一线，实现化整为零，让流程运营效率呈几何级数增长，这是重要的另一半。"这段话应该怎么理解？

著作者：信息化平台的建设可以实现多重目标，如流程e化，避免人为的随意性；消灭信息孤岛；数据及时；数据可视等。这些既改善了组织运营风险管控，又为组织增加授权创造了好的条件。在数据化和信息化的基础上，责权下沉到一线，实现化整为零，就是划小核算单位。划小核算单位，有利于个体责任的明晰，有利于个体成就的量化，进而激发个体内生动力与潜能，小核算单位的团队力量获得爆发式增长。

如果利用信息化平台实现进一步集权，我在本书第二十七章"审批是如何折腾企业的"中做出系统的阐述，其结果是扼杀了员工的自主性和创造性。

影响流程效率的主要因素是人，是人的自主性、积极性和创造性能否得到很好的发挥。尽管信息化平台可以改善流程效率，但是，如果与激发人的自主性、积极性和创造性结合起来，与激发人的内生动力与潜能结合起来，流程效率就会呈几何级数增长。

集权是抑，分权是扬，一抑一扬，差别可大着呢。

读者问：书中提及"复杂组织的治理，既要从流程上解决问题，又要从机制上解决问题"，从流程上解决问题与从机制上解决问题有什么区别？

著作者：流程是做事的方式，定义先做什么，后做什么，如何做，谁来做。好的流程，谁做都是一个结果。复杂组织的治理，人多且分工细，比小企业更需要从流程上解决问题。

组织大了，人更多，人心凝集成为突出矛盾，激发人的内生动力与潜能的机制成为老板和 CEO 的重要工作。为此，复杂组织的治理又要从机制上解决问题。

从流程上解决问题是从外在方法出发，从机制上解决问题是从内在心理出发，二者相互独立，又相互促进。

读者问：书中提及"梳理流程和重写标准，无意中提升了结构化思考力和逻辑呈现的能力"，现实是这样吗？

著作者："梳理流程和重写标准，无意中提升了结构化思考力和逻辑呈现的能力"，这是我多年管理实践的深刻体会。自我提升结构化思考力和逻辑呈现的能力的方法包括写流程写标准、上台讲课、写书。

我 1992 年主持企业《管理标准》和《技术标准》的编写，2005 年、2009 年、2011 年、2015 年、2018 年又五次作为主编或总顾问，主持或指导编写不同企业的《管理标准》。2011 年出版第一本书《系统管理的力量：做一个卓有成效的管理者》，2017 年著写第二本《迈向智能：卓越设备运行管理》，本书是第三本《破局：变革领导力》，第四本《逻辑领导力》已动笔。我们结构化思考力和逻辑呈现的能力就是这样一步一步形成和提高的。

你不妨试试。

读者问：书中出现"阿米巴运营"和"红海扬帆"的概念，这些提法的背景是什么？

著作者："阿米巴运营"的概念出自日本著名管理大师稻盛和夫。"红海"是一个战略概念，与它对应的另一个战略概念是"蓝海"。对刚从事管理的人员，阿米巴与红海可能是新概念，这些概念是高层管理者应掌握的常识。对于阿米巴运营，大家可以参阅稻盛和夫的系列著作，"红海扬帆"是相对于"蓝海战略"，大家可以参阅《蓝海战略》一书。

第十三章

培养自我变革能力

作者按： 张总及其所在企业的变革故事，就像一幅波澜壮阔的画卷，一波未平，一波又起。故事即将结束，但相信你的思考还在向深处、远处延伸。

在路上

谭总三年的变革合同就要结束了,变革项目结束总结大会在集团总部举行。一路走来,一部分思维跟不上发展的员工离开了,更多的人在初期时困惑重重,在行动中实现了自我改变和升华,见证了企业的发展与壮大。

谭总的主题总结报告中有变革前后的数据对比,成果丰硕,超越预期,极为震撼。

CEO 张总总结道:今天,不是变革的结束,而是新征程的开始,变革,我们一直在路上。

组织能力

会后,老板邀谭总和张总到贵宾室茶叙。

老板会客贵宾室不常用。通常,老板与社会各界特别是经济专家、管理专家、行业同行与专家、政府要员,在此作一些非正式会谈。

贵宾室的面积为70平方米,装饰典雅,桌式茶吧是老板的最爱,红木桌椅尽显庄重与尊贵。

老板习惯性地坐在泡茶的位置上,谭总和张总并排面向老板落座。他们选择喝点功夫茶。

茶过三巡。

老板:谭总,最近我一直在思考企业怎样培养自我变革的能力,您有何高见?

谭总：这个话题有点大，我们先讨论几个问题。

1. 谁需要变革？
2. 变什么？
3. 如何变？

最后，再回到企业如何培养自我变革的能力上来。

老板：张总，你的意思呢？

张总：谁需要变革？是老板吧。公司的变革不就是老板发起的吗？

谭总：是的，多数变革是由老板或者高层"一把手"发起。由于老板和高层"一把手"对企业发展和存亡承担责任，他们对外部变化更敏感，当感觉到内部跟不上外部变化时，现实和挑战会使他们走上变革之路。

老板：早期，感觉内部不适应，运作不畅时，我想到的是换人，从外招聘高端人才，就像王总"空降"到事业部当总经理。王总是人才，被员工誉为"新时代管理者"，但是他缺少文化融合的耐心，虽然成绩卓著，但没能留下来和企业一起往前走。后来，我明白了，简单地招聘人才不如通过内部变革培养人才。变革，要借力借智，好在我认识谭总。

谭总：内部是什么不适应？

老板：从近期结果来看，销售增长乏力，盈利大幅下降，盈利水平也输给一些外企和主要竞争对手；长远来看，企业面临生存危机，内部不适应外部。

张总：从经理人的角度来看，大家好像都在工作，但工作成果不好，KPI让管理层疲惫不堪，一部分走向麻木，破罐破摔。

谭总：表面来看，是老板要变革，往深处看，是企业需要变革。企业因顾客而存在。早期抓住了顾客的某一特定需求，企业从买卖开始，建立生产线，提供产品和服务。三年、五年、十年后呢？顾客需求改变了，很多企业还固守老产品和服务；新设备、新材料、新工艺层出不穷，企业仍固守老产线；市场扩展，产线增多，产品多元，一个个新增流程与职能就像补丁似的，把原有管理流程弄得臃肿、效率低下。时代在变,特别是第三次工业革命及已经开启的第四次工业革命浪潮,使这种变化更快、更强烈、更具颠覆性。如果企业的变化跟不上时代的变化,企业是走不远的。

张总:那么企业变什么呢?

谭总:能力。

张总:这好像是一个概念,难以落地。

谭总:组织能力。这里的组织是名词,就像思考个人能力一样,我们思考过组织能力吗?

老板:大家较少或者没有聚焦组织能力,这在一些企业好像是思维盲区。

谭总:是的,这就是上面我强调的"企业需要变革",只是谁来代表企业觉察,这个人通常是老板或者高层"一把手"。个别追求卓越的中层"一把手"也会自主推动变革,企业应该倍加珍惜这类人。

人们很少或没有像思考个人能力一样思考组织能力,是因为组织能力概念模糊,不习惯将组织拟人化。事实上,组织能力就像人的能力一样需要建设。企业在发展的不同阶段需要具备不同的组织能力,社会环境变化到不同的状态,需要不一样的组织能力。

张总:组织能力是否与员工能力相关?怎么定义组织能力呢?

谭总:企业员工的知识、技能、思想意识和思维方式都是组织能力的重要组成部分。组织能力就像人的能力一样,外界是可以感受到的,如海底捞的服务。员工意识和思维方式受组织文化的影响,组织文化就是组织能力的重要组成部分。初创企业靠独门技术或对生意机会的把握,就可以生存。企业规模小,老板可以直接把控整个企业,老板为人处事的方式是企业文化的雏形。企业规模大了,得靠流程、标准来明确做事方法,企业的流程和标准化能力成为重要的组织能力。企业规模继续扩大,人员继续增多,你会发现企业内又出现流程定义不到的地方,甚至冒出跨职能流程的冲突,这时候企业文化的作用凸现出来了,当流程和标准出现盲区、跨职能流程出现冲突时,文化怎么倡导就怎么做。

就像人的思维和能力需要学习与沉淀一样，组织的文化和流程的能力也同样如此。

老板：这样说来，文化、流程、标准是重要的组织能力。员工，特别是掌握技术具备良好技能的员工，也是重要的组织能力。还有吗？

谭总：商誉、渠道、客户、专利、产线，以及企业具备的独有或稀缺资源，这些都是组织能力。

张总：变革、创新能力和文化呢？

谭总：也是组织能力的重要组成部分。

老板：嗯，过去我们不懂像思考人的能力一样思考组织能力，一旦想明白了，我们就会有意识地培养这些组织能力。

谭总：是的，硬资源如土地、厂房、设备、矿产等可以花钱买。但是组织的软实力，如创新文化与能力，战略智慧与能力，变革文化与能力，商誉，流程和标准体系，等等，是需要有意识地逐步培养和锻炼沉淀。

谭总喝了一口茶，继续说：变革，归根结底是变组织能力，让组织能力适应外部环境的变化，通过内部改变来适应外部变化。企业无法控制外部变化，但内部组织能力的提升还是大有作为的。企业应有意识地培养、发展组织能力，使之成为企业的核心竞争力。

张总：变革是变组织能力，有些宽泛，我们公司的重点是流程，对吧？

成败皆流程

谭总：是的，贵公司的变革聚焦流程。不同企业的情况不同，同一企业在不同时期和不同发展阶段面对的挑战不同，需改变的组织能力的焦点也不尽相同。我为贵司服务7年，变革就是聚集在流程上，是流程和流程能力的建设。可以说，变革能否成功，成败皆流程。

老板：流程，对大多数老板来说是短板，我本人及周边一些朋友都是做生意出身，然后做企业。谈生意，在识人、用人方面还凑合，流程管理这个概念好像来自西方，比较陌生。

谭总：是的，中式管理聚焦于人，认为搞定人就能搞定事。西式管理重视人的价值和潜能开发，属于人本管理，西式管理突出的特点是基于流程的管理，思想来源于工业和工业发展，工业的过程就是由一系列工序、步骤构成的流程。中国人习惯说"对事不对人"，最终还是因人而异，应该将要做的事分解为一层层流程，一个个步骤，流程成为做事方式，真正做到了"对事不对人"。

张总：在中国企业推进流程管理，事实上也是一场文化变革，由"基于人的思维"转向"基于流程的思维"，人只是按流程做事的资源，极为重要的资源。

谭总：嗯，重视流程，并不否定人的价值，同时，激发人的潜能而不是控制人的思想与行为。回想一下，我们推行变革的三个方向：流程、精益、教练型领导力。这里面既有流程和流程改善（精益），又有管理思维和文化（教练型领导力）。对于发展到一定规模的企业来说，变革的重点是流程，成败皆流程。

张总：7年来，我和团队逐步理解了流程方法及价值，对成败皆流程还是不理解。

谭总：回想7年前，王总离职给你造成困惑，你接手他的职务，做的第一步工作是什么？

张总：是流程，将流程细节量化，将责任细节量化，用数据和事实推进管理。

谭总：第二步呢？

张总：破局之后，不是推进绩效管理，而是推进"做对的事"，这是确定工作的优先方向。

谭总：当时没有让你做员工绩效，知道为什么吗？

张总：当时不明白，现在明白了，绩效是建立在职责、流程与数据清晰的基础上，之前这些条件还不具备，当流程简法再造及信息化升级后，条件成熟了，就推动了更高级的绩效管理方式——阿米巴。

谭总：哈哈，说对了一半。如果绩效管理不能激发员工的创造力、积极性和能动性，只是"胡萝卜"，我们为什么要推动它呢？"胡萝卜"和"大棒"一样，它是恐吓式管理员工的另一种方式。

张总：您是让我做新时代的管理者，远离"迎合+恐吓"的管理思维？

谭总：是的。第三步呢？

张总：将事一次做对。

谭总：重点推进写"好用的标准"，不要考核员工的理解力和记忆力。这些，既聚焦管理者的主导责任，又呈现出聚焦流程和标准的结构化、逻辑化，将流程和标准赋予逻辑和故事情节，方便员工理解和记忆。

张总：这部分对我触动很大，执行力不好，责任在管理者而不是员工，受益了！

谭总：第四步呢？

张总：我理解到了在流程权责中可能隐藏的私利，它与外部力量勾结在一起，成为阻碍流程变革的暗力。

谭总：第五步呢？

张总：海外15000吨销售订单交付之惑，部门墙、职能分工形成的组织深井效应，不断增补的流程和职能产生价值迷失，流程又以另一种方式产生困扰。

谭总：解决办法呢？

张总：简法再造+信息化升级+阿米巴，分步骤实施，协同推进。嗯，还是聚焦流程。

老板：哈哈，我也听明白了，通过以上"简法再造+信息化升级+阿米巴"，企业脱胎换骨，变革之初的困扰也没了。

谭总：是的，变革流程是根据企业发展状态而决定应采取的措施，大致如图13-1所示。从发展阶段开始，流程决定组织效率，因此，企业应将流程作为一种重要的组织能力来建设。对发展到一定规模的企业而言，面对各种各样的问题，仅从人的角度入手是难以突破的，需要聚焦流程、建设流程和培养流程的能力。回顾我们的变革历程，是不是成败皆流程？

发展阶段	变革措施
初创阶段	依靠能人就行，焦点是找能人
发展阶段	由无序到有序，建立初级流程，焦点是做加法
规模阶段	流程细节量化
	增加跨部门流程
	增加改善流程的流程
	高级流程，焦点是做量化
高质量运营阶段	信息化技术再造流程
	流程平台化，焦点是做简法

图 13-1　各发展阶段的变革措施

老板：确实是这样，成败皆流程。企业的困惑是知道问题却没有解决问题的路径与方法。

变革方法论

谭总：这里，我们需要明确当初的第三个问题——如何变？

不同企业或同一企业的不同发展阶段，面对的问题不一样，变革的诉求、目的和目标也就不一样。但是，如何变革，还是有方法可循，如图 13-2 所示。

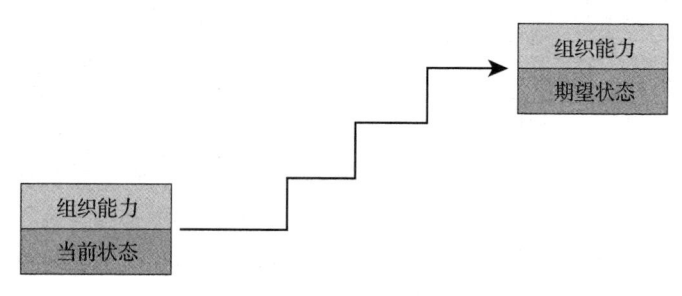

图 13-2　变革的路径

从当前状态到期望状态的路径找到了，如何推行变革也就清晰了。

通常情况是：

一是对当前状态认知不清。问题在哪儿，哪些是现象，是结果，哪些是表层问题，哪些是深层问题，这些问题之间有什么关联，哪些是真问题，哪些是伪问题，都不清楚。

二是期望状态不清晰。换句话说，目标及目标状态不清晰，缺少对未来画面的想象力和思考力，未来的画面，从哪些方面来定义？对此不清晰、没概念。

三是路径不清晰。从哪方面入手，如何推进变革？缺少从初始状态转向目标状态的想象力和思考力。如何面对来自内外部的困难和阻力，缺少分析力、判断力和决断力。

当以上三个方面的问题解决了，我们就知道如何变，如何推动变革。当将"谁需要变革，变什么，如何变"最初三个问题突破之后，自我变革的能力就水到渠成了。

老板：谭总，您让我深切地认识到自我变革能力的培养需要靠学习、思考和实践来沉淀。

谭总：是的。好好总结这几年的变革经验对培养自我变革能力是有帮助的。回顾一下，当初我们的诊断过程和诊断报告给出了识别当前状态的方法。对当前和未来状态不能泛泛而谈，必须抓住能定义这两种状态的关键指标，用数据定义变革目标（Goal）。接着，需要找到这些关键指标背后的组织能力亟待提升的焦点（Focus Point），这些焦点最好不低于3个，不超过5个，2个显得不足够，5个以上往往不够聚焦，我们这次变革聚焦3个问题，是不是刚刚好；到此还不够，还要研究和确定解决这些问题的详细步骤（Steps），每个问题的详细步骤及这些步骤的顺序、作用和关联。以上，日本管理专家高桥政史将它称之为"GPS"。这样，我们就可以系统设计、分步实施、协同推进，"GPS"就是用逻辑树的方式定义变革的罗盘，是变革的方法论。

张总：下一步，该怎么做？

老板和谭总异口同声地回应道：变革永远在路上。

讨论

读者问：书中"企业规模继续扩大，人员继续增多，你会发现企业内又出现流程定义不到的地方，甚至冒出跨职能流程的冲突"，能举例说明吗？

著作者：我曾经在一家销售额达到百亿元以上的造纸集团工作，造纸与后加工拆分为两个独立的事业部。后加工的边角料送造纸车间回抄，这在一些小厂，就一句话的事儿，直接回抄。但是，在这家集团公司，如果走流程，牵涉两个生产工厂、质管部、仓储部和采购部，是一个复杂的流程。事实上，这家集团公司还没有建立这方面的流程。

两个工厂主张将后加工边角料打包入库，由造纸领用，仓库按进出库流程履行职责。质管部负责质量裁定。

仓储部不乐意了，认为边角料一进一出纯属多余的流程，后加工直接送造纸回抄就好了，为什么要增加搬运？

质管部也不乐意了，为避免在边角料中混入杂物，边角料应由后加工负责，没有太多的管控指标，质管部没有必要介入。

这样一来，是不是流程没有定义到的地方与跨职能的流程冲突就来了。

读者问：书中张总说"在中国企业推进流程管理，事实上也是一场文化变革，由'基于人的思维'转向'基于流程的思维'"，感觉张总说得对，但不知道如何实现这种转向？

著作者：张总所说的文化变革，从书中对话的语境来看，是管理文化的变革。在回答如何实现由"基于人的思维"转向"基于流程的思维"之前，我们先来理解什么是基于人的管理思维？什么是基于流程的管理思维？

基于人的管理思维是指以人为管理思考的出发点，认为搞定了人，就搞定了事。西方的人本管理，中国的国学，都是基于人的管理思维，从搞定人的角度研究管理，如国家、军队、企业的管理，等等。

基于流程的管理思维是指以事为管理思考的出发点，认为管理的目标是达成事。流程是定义事及做事的方式，任何人都按相同的流程去做事，分工协作，共同达成事。"基于流程的思维"与"基于事的思维"，是同一思维的不同表述。

由于人的复杂性和个性化，基于人的管理思维难以形成统一的、可复制的模式，难以传承，艺术成分多，科学成分少，需要去学习、思考和沉淀，其中最为关键的是悟。在学习中悟，在实践中悟，在思考中悟。在管理活动中，基于人的思维是必需的，但仅局限于基于人的思维是不够的。中国人的习惯是基于人的思维，这是我们熟悉的管理文化，一种基于人和经验的管理文化。

20世纪40年代以来，随着工业发展及工程控制思维在管理领域的应用，过程方法从质量管理扩展到国家、社会机构、企业等领域的管理，卓越绩效管理与ISO族标准均是基于过程的方法。流程是过程的核心，"基于流程的思维"与"基于过程的思维"是同义词。由于事的流程是由一个个标准步骤构成，可讨论、可检查、可改善、可培训、可复制、可推广、可传承，推动了管理的科学性和系统性，也为管理的信息化和智能化发展奠定了基础。PDCA、六西格玛、卓越绩效管理等，均是基于流程的思维。精益管理是基于人和流程的思维的融合。

当下，物联网和5G技术将智能管理推向一个全新的阶段和高度，基于流程的管理思维对我国企业界显得尤为重要。

如何实现由"基于人的思维"转向"基于流程的思维"？可以参阅《系统管理的力量：做一个卓有成效的管理者》和《朱兰质量手册》。

传统制造，可以按以下步骤推进流程与智能管理：

第一步，扎实地推进ISO标准化体系化管理。通过切切实实地推进"写我所做，做我所写"，持续改进和提升流程与标准化水平。坚决杜绝做一套、写一套的行为。这一步需要管理者投入必要的充足的时间和精力，培养流程与标准化能力，否则，就会陷入"两张皮"困局。

第二步，扎实地推进精益管理。没有流程与标准，没有数据与分析，就没有改善。没有改善，就没有未来。精益管理与标准化体系化管理相互促进。

第三步，扎实地推进信息化管理。标准化体系化管理为信息化管理奠定了基础，信息化管理又促进和提升了标准化体系化管理的流程效率。

第四步，适时推进智能化管理。流程化＋信息化＋在线化＋算法＝智能化。在这里强调"适时"两个字，"流程化＋信息化"是智能化的基础，5G与物联网的发展，使数据在线化变得简单、可行、可靠，而且成本低，商业上可承受，随着云服务公司的发展，企业可以将数据处理（算法）外包。

读者问：本书中强调"用数据定义变革目标"，前面的文章强调"用数据呈现业绩"与"用数据定义问题"，"数据"是管理的关键词吗？

著作者：是的。

本书中"对当前和未来状态不能泛泛而谈，必须抓住能定义这两种状态的关键指标，用数据定义变革目标（Goal）"这句话中有两点值得人们关注。

一是抓住定义这两种状态的关键指标。定义当前状态和未来状态的关键指标。人们对现状的观察和理解，换句话说，人们对同一事实观察出来的结果往往不一样。现状就是那个现状，事实就是那个事实，你能确认你看到的就是真实的吗？人们习惯按照习惯的视角观察与分析问题，面对同一现状或者事实，面对同一组数据，可以看出不一样的结果。面对这种情形，怎么办？对当前和未来状态不能泛泛而谈，必须抓住能定义这两种状态的关键指标。如安全，可以用"千人事故率、事故件数、事故损失、事故重复率"等来定义安全管理的现状和目标。

二是用数据定义变革目标。如果变革目标仅是一些概念式的要求，是很难落地的。如"实现由人治走向法治"，这样的目标很难落地。如果我们"用数据来确定"呢？识别出现有制度与流程有多少份？可以继续使用的有多少份？需要修改和完善的有多少份？需要增补的有多少份？列出这些文件的清单。当确定了"实现由人治走向法治+文件清单"这样的变革目标时，变革就迈出了很好的第一步。用数据确定变革目标的过程，是变革策划的重要组成部分。成功的变革从周密的策划开始，周密的策划从数据分析开始。

在张总的变革故事中，"数据与细节量化"是一个高频词，用数据确定问题和目标，用数据呈现业绩和事实，等等，数据应成为有效管理者推进工作的一种习惯。

从大处讲，企业存在发展的问题；从小处讲，企业在运营过程中会出现各种各样的具体问题（如交付延迟、销量下降、设备故障等）。解决这些问题，人们通常面临相同的困惑：不知从何处入手？知道存在问题，就是不知道如何解决这些问题。

培养企业自主变革的能力，就是从大处解决问题，解决关于未来与发展的问题。学习与掌握精益管理技术，就是从小处解决问题，解决运营过程中的效率、质量与成本等问题。变革罗盘"GPS"均适用于解决这些大小问题。数据是变革罗盘"GPS"的刻度标尺，没有数据就没有罗盘。

读者问：故事结束了，感觉意犹未尽。您能给我们这些走在成长路上的年轻经理人一些建议吗？

著作者：张总的变革故事只是现实变革的一个缩影，他从CEO岗位上退休后，像谭总一样，成为老板和高管教练，继续书写精彩的人生。书中张总的故事，目的是引发经理人自我变革和企业变革方面的思考。张总这一角色来源于现实，但做了调整和加工，不是传记。

在变革的路上，问题总在变化。故事虽然结束了，思考却还在延伸。

读者的问题，说明读者还沉浸在思考之中，为你高兴。

世界属于年轻人。你让我给年轻人一些建议，有些宽泛，我就职业经理人的个人成长和企业管理变革两个视角谈一些体会，仅供参考。

1. 全力以赴，态度决定未来。任何时候，工作平台就是个人的机会。全力以赴就是一种积极的态度。平常时，工作全力以赴，对自己高标准、高要求，自然会有所收获；面对组织变革，全力以赴，不仅能拓展思路，而且能接触与学习到书本甚至网络之外的知识，是难得的学习之旅。凡事全力以赴，积累到一定的程度，爆发是水到渠成的事儿。看看那些走向成功的人士，哪一位不是全力以赴、积极面对工作？在平时工作中全力以赴，很多人能做到。在面对变革时，情况就复杂多了，认知、习惯、利益等交织在一起，一些人就迷乱了，迷失了。我们首先要知道谁需要变革？不变革行吗？企业里有很多人停留在过去的认知里，身陷自己过去成功的局中。张总能从过去的局中走出来，从沮丧走向坦途，从被动适应变革到主动推进变革。王总是一位全力以赴的人，他有着满满的正能量，从新时代的管理者走向合伙人。态度决定未来。

2. 谁需要变革？对于这个问题，不同的人会有不同的答案。我认为，首先是企业需要变革，企业发展的环境（技术、顾客、市场等）发生了改变，企业还有办法按昨日的方式生存吗？"以变应变"成为企业的生存之道。其次，老板及运营管理一把手需要变革。他们决意变革，主要有两方面原因：一是他们的工作直接与企业外部相关，更早触摸到环境的变化，为了适应环境，他们成为变革的发起人；二是他们肩负的责任，变革往往是从上向下。我在帮一家企业做变革辅导时，中高层管理者希望顾问帮助改变老板，老板希望由人治改变为法治，这两者之间的差异说明了什么？作为年轻的经理人，你也需要变革认知，构建适应新时代的能力。如果你的思维和能力还停留在昨天，而你需要面对当下和未来，那么，工作中的困难与职业危机会纷至沓来。经理人往往着眼于内部，对外部不够敏感，需要防止温水煮蛙效应，有意识地突破认知局限。同时，人们习惯看到自己的长处与贡献，甚至潜意识地夸大自己的贡献，认为应该改变的是别人，是老板，这种认知对个人是有害的。

3. 变革的阻力不可低估。多数人害怕改变，因为改变带来不确定,喜欢待在舒适区;改变习惯了的一切,或多或少地带来痛苦与不适应。这是变革面对的一般阻力,呈现在变革过程中的是观望派,是大多数。只要看到改变带来了好处,这部分人可以成为变革的响应力量。变革对企业有利,不一定对个体有利,会触及一部分人的利益,这一部分人可能在内部一些关键岗位上,也可能存在于企业外部,他们是既得利益者,很容易被识别出来。在这一部分人中存在变革顽固性阻力,当然,也存在识时务者。顽固性阻力是变革应坚决清理的对象。当发现改变某一个人很难时,更换不可避免。最高管理者的心慈会助长变革的观望情绪,最高管理者的决断展现的是变革的决心和意志。为此,韦尔奇说"换掉一个人比改变一个人容易"。

4. 企业状态决定了变革的内容。企业在不同的发展阶段会面临不同的管理问题,变革是为了解决发展中的管理问题,为此,企业状态决定了变革的内容。

5. 变革的步骤基本一致。变革面对的方方面面(包括内部的、外部的)基本一致;变革面对的困难与阻力的来源基本一致;变革的依靠力量基本一致。针对不一致的主题(内容),进行变革的步骤基本一致。

6. 变革与改善的差异。变革是管理流程的重构与再造,是重大改变,变革的对象是组织及管理流程。改善是对活动的完善,是细微的改变,改善的对象是各种各样的,如设备与产线、工艺、作业方法、材料、环境,等等。变革聚集组织及组织管理,改善的对象包罗万象。

7. 变革永远在路上。世界是变化的,组织不可能留在原地,应随着顾客与市场而变化,变革永远在路上。变革管理诞生于1980年代,变革发展成为管理的一项重要职能。当下,技术爆发式发展,技术对商业的影响空前,甚至颠覆商业,变革已经成为一种常态的管理活动。

下篇

CEO 文萃

李新久是一名管理的实践者,也是一名终身的学习者和思考者。他在担任 CEO 前后,作为《企业管理》杂志的专栏作家,将一些思考写成一篇篇文章。

第十四章

"管理"与"领导"的理解误区

本章要点：人们对"管理"与"领导"这两个词语的理解存在误区，需要从"管理"与"领导"的定义、内涵与外延等方面理解它们的区别与联系，而不是将"领导"从"管理"的概念中割裂出来。

文／李新久

认知

对"管理"与"领导"这两个词语,有相当多的人存在模糊认知,不能正确区分两者的含义与联系;还有一些人对其存在错误认知。比较经典的错误认知认为,管理与领导存在四点本质区别:

1. 管理是解决确定性的问题,而领导是解决不确定性的问题;
2. 管理是解决当下的问题,而领导是解决将来的问题;
3. 管理可以标准化,而领导只有个性化;
4. 管理是具体的,领导是宏观的。

请问,你认同以上四点本质区别吗?

由于对管理与领导两个词语的模糊或错误认知,带来一些思维紊乱,进而影响管理者的行为逻辑,因此,厘清两个词语之间的区别与联系对管理工作大有裨益。

定义

管理的定义有多种。

其一,通俗定义:管理就是管人和理事。

其二,《管理学》的作者斯蒂芬·罗宾逊教授的定义:管理就是管理者所从事的工作,是管理者通过协调与监督他人的活动,有效率、有效果地实现组织目标的工作。

其三,作者在《系统管理的力量:做一个卓有成效的管理者》中的定义:管理就是管理者所从事的活动,是为实现组织目标、控制组织应用的过程持续保持合理状态的活动。其中,过程ISO9000

定义：过程就是将输入转化为输出的一项或一组活动。

从根本上讲，以上三种定义，其含义是一致的，管理就是管理者所从事的活动，牵涉人和事两个方面。活动是被组织目标或任务驱动而将输入转化为输出的活动，是组织应用的过程。管理就是控制过程持续地保持合理状态，通常具体化为 PDCA。

领导有两种含义：在一些语境下是名词，是"领导者"的简称；在另一些语境下是动词，表示领导者的一种行为。

领导者是指正式组织中经合法途径被任用而担任一定管理职务、履行特定管理职能、掌握一定权力、肩负某种管理责任，以更有效地实现组织目标的个人或集体。

作为动词时，领导是领导者为实现组织目标而运用权力向下属施加影响力的一种行为或行为过程。领导的工作包括五个要素：领导者、被领导者、客观环境、职权和领导行为。领导的关键是发挥对下属的影响力。

本书讨论的管理和领导都是作为动词时的语义。从以上定义可以看出，领导是实现管理目标的一种形式。

领导是管理的一项职能

斯蒂芬·罗宾逊给管理定义了四大职能，即计划、组织、领导、控制。也有管理者用"指挥与协调"替代领导，管理的职能变成五项，即计划、组织、指挥、协调、控制。

作者在《系统管理的力量：做一个卓有成效的管理者》一书中将管理的职能描述为：程序式职能三项，即计划、组织、控制；专项职能两项，即领导、改善与变革。

也有学者认为，变革与改善是领导职能的一部分。作者认为，领导职能贯穿于管理活动始终，不反对将变革纳入领导职能，但为加强管理界对变革与改善活动的重视，单独列出来作为一项职能是有价值的。其中，变革是指组织流程的重组与再造，是大幅改变；改善是指业务流程（工艺流程）和管理流程的细微改进，是小幅改变。

上述观点告诉我们：领导是管理的一项重要职能。

错误认知的根源

既然领导是实现管理目标的一种形式，是管理的一项职能，前述管理与领导的四点本质区别就不能成立了。

高层、中层、基层管理者的工作侧重点是不同的。高层更多偏重于战略与决策、资源统筹，重点是管理未来，具有不确定性与宏观性特征；基层偏重执行，其工作对象是现场的活动，重点是当下具有确定性和微观性特征。对高层而言，活动的对象主要是人，对人的管理更多地体现个性化与艺术性，展现出管理与领导的艺术性特质；对基层而言，活动的对象是重复的过程，可以用标准化进行管控，体现了管理的科学性特质。而中层则介于高层与基层之间。

由于高层、中层、基层的工作侧重点不同，高层更多地需要发挥领导的职能，这就让人们感觉高层管理者更像一名领导；基层更多需要发挥控制职能，而人们习惯认为管理就是控制，而忘记了其前提是对现场而言，因而，人们习惯将基层管理者锁定为管理。

综上所述，将高层管理者与基层管理者的工作特征延伸为领导与管理的本质区别是错误的，而将前面四点本质区别定义为高层与基层的本质区别似乎更恰当。

第十五章

管理变革：从"命令—控制"到"教练—激励"

本章要点：旧时代管理方式的出发点是控制，但是，对新生代员工不能用控制的方式，他们也不让你控制。

文/李新久

旧时代管理方式:"迎合 + 恐吓"

过去的时代,或者更早一些的时代,我们暂且称之为旧时代,一方面,管理者习惯或者迫不得已迎合上级和老板,工作不是围绕战略与目标转,而是围绕上级与老板转。另一方面是恐吓下属。KPI考核是恐吓,惩罚是恐吓,奖励难道不是恐吓吗?胡萝卜与大棒都是恐吓。除此之外,我们是否尝试过其他方法呢?更有效的管理方式是什么?

"迎合 + 恐吓"的结果是管理者习惯采用"命令—控制"型的管理方式。这种方式简单、直接、盯得紧,短时间还能实现好的绩效。但它无法激发团队成员内在的热忱、主动性和创造性。

"命令—控制"型的管理习惯背后,是由管理者有意识或者无意识的认知造成的,这种认知认为,下级服从上级,职业经理服从老板是理所当然的。往深处挖,其根源是长久以来在组织里存在根深蒂固的雇佣关系。既然是老板雇佣经理,经理雇佣员工,我们当然理所应当命令你、控制你。命令与控制扼杀了员工的自尊,让组织处于不信任的氛围中。

当人们投入工作是为了满足生存的需要时,这种雇佣关系有着存在的土壤。当人们投入工作是为了满足自我价值与尊严时,雇佣关系便变得不合时宜,管理方式的变革成为必要。

新时代呼唤新的管理方式

在美国,"二战"后出生的一批人(婴儿潮一代)被称为新兴人类。在中国，80后、90后、00后也被称为新兴人类。新兴人类的特点是，出生时家庭环境比较优越，个性鲜明，自我意识强，不习惯被约束。特别是他们的成长历程与互联网相连接，自我意识更强，思维更开放，个性更张扬。

面对新生代员工，企业还能采用"命令—控制"型的管理方式吗？

新兴人类和新技术构成的新时代，呼唤新的管理方式。

创新管理方式应以人们的需求入手。既然新人类的需求层次处于马斯洛需求层次的中高层位，我们管理的思考点就应从满足这些需求入手。

非常多的企业做出了成功的探索，万科的合伙人制度，华为的员工持股，海底捞的员工自主管理，阿米巴经营模式等，都有一个共同的特征：淡化员工与企业之间的雇佣关系，强化合伙、合作关系。

在这种合伙与合作关系的组织里，如何开展管理呢？不要管理能行吗？

旧时代管理方式的出发点是控制，所以有人说管理就是控制。对新生代员工不能去控制，他也不会让你控制！

20世纪90年代，彼得·圣吉在他的《第五项修炼》中指出：面对新生代员工，管理者应拥抱"策划人+教练+受托人"的管理思维。管理者应该成为下属职业生涯发展的策划人，像教练一样帮助下属成长，像父母一样让员工有安全感，成为下属的受托人。在此理论的指引下，"教练—激励"型的管理方式逐步被认可，并成为当下的热门。

在组织里，如果你懂得用恰当的方式关爱员工，像教练一样帮助员工成长，那么，你就能激发下属内在的工作热忱，又何须控制？

教练是一门技术活儿

在很多家庭里，父母与子女的关系紧张，其根源在于父母的教育方式。父母爱子女毋庸置疑，有了爱，青春期的子女为什么照样叛逆？

在组织里，"爱"怎么体现呢？刘承元博士将它总结为：爱＝关心＋帮助成长。这是一个非常好的公式，它将管理者如何在组织里建立友好氛围给出了操作办法。关心员工比较好理解，但在组织里如何帮助员工成长呢？就像父母帮助孩子成长一样，仅有爱是不够的，还应掌握教练技术。

关于教练技术，这里仅谈三个要点：

一是教练要善问，不轻易给出答案。通过善问，让下属自己找到答案。下属找答案的过程是一个主动思考的过程。善问可提高下属的思维和思考能力。直接给答案，下属被动接受，当然理解不透，记忆也不会长久。

二是让下属练，不要帮下属背"猴子"。这里"猴子"是指要解决的问题。让下属在履行职责的过程中练，一直练到达到你要的结果与状态。

三是多赞扬，少批评。当下属取得一丁点儿的进步时，就给予赞扬，而不是等到完美时。赞扬应及时与具体，否则让人感觉虚情假意。发自内心、真切、及时、具体的赞扬，可以让下属将注意力集中在应做的事情上，而不是转移到应对领导的情绪之中，而且，还能够营造信任的工作氛围。

管理方式应与环境相适应。当下，面对新经济、新技术、新环境下成长的新生代员工，更应该强调自主、自尊和有所作为（成就感）。组织与员工的关系应淡化"雇佣"，强化"合伙合作"，管理思维应从"迎合＋恐吓"转向"策划人＋教练＋受托人"，管理方式应从"命令—控制"型转向"教练—激励"型。在新常态下，管理者在领导企业经营转型升级的同时，也不可忽视管理方式的转型升级。

第十六章

如何培养结构化思考力

本章要点： 结构性思维与结构性思考力是管理者需要的一种核心能力，需要有意识地训练与时间沉淀。作为管理者，完全可以在工作中训练自己与部属的这种能力。

文 / 李新久

云里雾里

我们在工作中经常出现以下一些情形：

向上级或者老板汇报工作时，往往被打断，甚至干脆让你重新准备，下周重新汇报。因为领导没有得到他想要的内容。

向下属布置作业时，下属不得要领，等你催交"课题报告"时，他却答非所问。因为你没有讲清你的主张与要求，下属没有领会。

下属向你汇报工作时，你听了半天，不知他想表达什么，语言中混杂着"困难、原因、情绪和一些支离破碎的措施"。因为下属没有清晰表达他的诉求。

在企业内训的会议室，讲师在台上兴奋，学员在台下睡觉。因为讲师没能引导学员思考，却将学员引向"云里雾里"，睡觉正当其时。

作为企业的高层管理者，经常被这些情形困扰。如果这些情形在你所负责的领域普遍存在，你就应该思考这些现象背后的因素，以及真正的原因。

经过思考，你会发现，作为个人的他，缺乏一种能力，一种思考力，一种结构性的思考力；作为组织，缺少训练，一种结构性思维的训练，训练团队结构性的思维与结构性的思考力。

结构、结构性思维与结构性思考力

结构是指构成整体的各部分的连接方式（或叫范式），是构成整体的各个部分的搭配和安排，如写字台的结构、房屋的结构、文章的结构。

结构性思维是人们对问题进行思考的范式。它通常以假设或目的为先导，以流程和时间为顺序，以层级和顺序的关联为节点，梳理重点与非重点，梳理关键点与非关键点，从而寻找解决问题或实现目标的行动方案。

结构性思考力是一种穿透模糊、抓住要害的思考能力，是一种透过现象看本质的思考能力，是一种穿透时空从历史看未来与从未来看当下的思考能力，是一种透点思面与透面思点的思考能力，是一种透过结果联想过程与透过过程联想结果的思考能力。简言之，结构性思考能力是指按一定范式进行有效思考的能力。这种范式可能是构成整体的结构，可能是解决问题的流程，也可能是一种商业模型。它是一种思考模型、思考框架，既能思考到局部，又能思考到整体，还能思考到局部如何构成整体，局部与局部之间和局部与整体之间的顺序、作用与关联，以及随着时空的改变可能引发的变化。

下面，用过程管理模型来说明这些抽象的概念。

非常多的管理者按"质量问题、设备问题、交期问题、人的问题、安全问题、环境问题"来划分面对的问题点。这种划分方式并没有明显的错误，但没有展示出这些问题之间的顺序、作用与关联。如果按下图展示的"过程管理模型"来思考与划分输出结果的问题（包括交期、效率、成本、质量、安全、士气等）、过程的问题（包括过程的顺序、作用与关联、过程控制准则、管理流程及职责分配、过程能力与过程绩效）、输入资源的问题（包括人、机、料、法、环、策、信息等），就能够非常清楚这些问题之间的关联与背后的原因，采取措施时必然思路清晰，顺序得当。

管理者应重视模型的作用，先学习理解与应用成熟的思考模型，如 5W2H、5W、SWOT、PDCA 与过程管理模型、六西格玛、逻辑树、六项思考帽、麦肯锡 7S 模型等。

图　过程管理模型

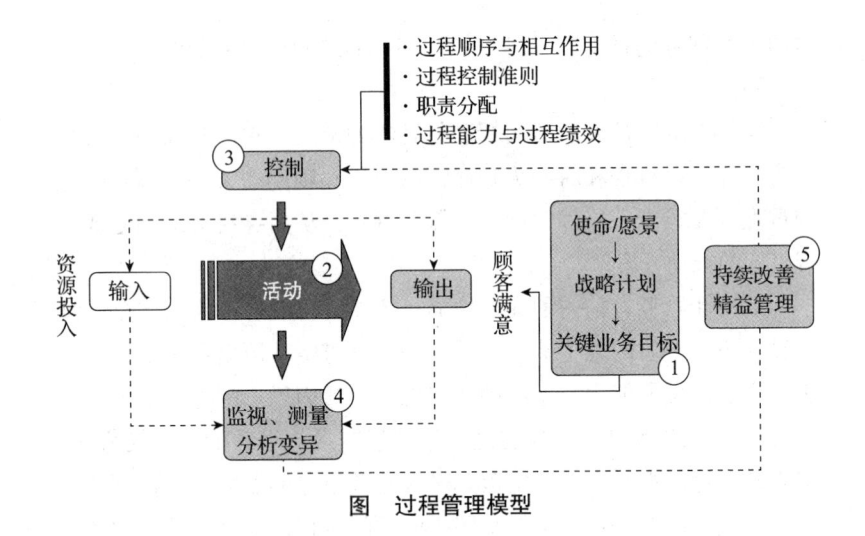

在工作中培养结构性思维与思考力

结构性思维与思考力是管理者需要的一种核心能力，需要有意识地训练与时间沉淀。作为管理者，完全可以在工作中训练自己与部属的这种能力，以下几种方式不妨试试。

透过预算活动，带领团队理解目标和分解目标，制订实现目标的行动方案与线路图。这种预算可能是年度预算，也可能是某个项目预算（如新产品开发与上市）。这样的活动可以培养团队从战略到目标、从目标到过程、从整体到局部的结构性思维与思考力。

透过总结，辅导下属用文字与图表的方式写工作总结、项目总结、问题总结，做成PPT，并专题报告，对总结的范式与内容进行规范，对报告进行点评，点评其内容与表达方式，并让其修改，直至点评通过，存档。以上每一步骤都有价值，在下属不具备你需要的结构性思维与思考力之前，请不要删减这些步骤。

透过写作，辅导下属写标准，写标准的过程就是一个结构化思考的过程。还要用标准修改标准，直到团队能够理解、乐于使用为止。在写标准、用标准、修改标准的过程中，当事人必然要学习标准化的格式、内容、结构与表达方法，在应用中知道标准有没有写清楚（是细节没有量化，表达不够充分，或是过于啰嗦，还是逻辑存在问题），经过其再修改（再写作），当事人就会由形似转入神似。这一过程是潜移默化的。

透过演讲，将管理者逼上讲台，让团队核心成员成为内部讲师十分必要，让团队成员尽可能人人成为讲师十分必要。有讲课经历的人都深有体会，这种经历是难得的自我提升和团队提升的体验。不会讲，是对讲的主题缺乏结构性思考；讲不好是因为缺少结构性表达方式，听不懂是你的结构与表达存在问题。听不懂自然无法进入和参与思考，听众睡觉或走神自然不可避免。

透过学习与训练，透过"学与用"的结合，让团队成员学习一些必要的知识，在应用中增进理解。这些知识与学习的时机可能是：进行标准化文件写作前，导入ISO9000体系标准的学习与训练；中层管理者在晋级前，导入PDCA与过程管理模型的学习与训练；高级管理者在晋级前导入六顶思考帽的学习与训练；更高级管理者在晋级前导入六西格玛的学习与训练；企业在导入SAP、MES等智能化管理系统前，应导入系统管理能力的学习与训练等。必须强调的是"学与用"的结合，学习的目的是应用、满足应用的需求，通过应用增进对学习内容的理解，从而将知识转化为能力。

结构性思维的本质是逻辑思维，管理行为的背后是管理的逻辑思维，逻辑引导行为，行为引导结果。作者曾在2016年第一期《企业管理》杂志上发表的《管理的逻辑》一文中对该问题进行了阐述。

管理者的核心能力之一就是拥有结构性思维与思考力。在管理工作中需要有意识地培养团队的这种能力，这种能力的培养应透过学用结合的方式。在管理工作中是有非常多的机会与时机来满足这种需求的。

第十七章

"爽"是一种卓越领导力

本章要点：员工在自我感觉良好时效率最高。"让员工获得良好的感觉"是管理者应该做的事，也是管理者应具备的一种能力。

文 / 李新久

爽

员工在什么情境下工作效率最高？这是管理者应该经常思考的问题。加薪能高兴一阵子，团队旅游也能高兴一阵子，拓展训练好像激励时效更长一些……管理者实践着各种各样的方法，有正激励，也有负激励。初习管理者，要么比较喜欢采取负激励的方法，发现员工做错了或没达成目标，惩罚来得快且直接；要么不知道如何着手，于是就放任下属。以上两种情况，通常都很难达成组织的目标，管理者往往会被质疑能力是否有问题。

100多年前，生产力发展促进了社会分工，"工头"出现了。工头管理下属的出发点是监督和控制，下属是被动的。这样，会产生几个问题：①出勤不力，磨洋工，缺少主动性与思考，效率一定是低下的；②你可以监视员工的四肢动作，但无法监视员工内心，员工的智慧被抑制；③随着团队的扩大，事实上你也无法监视所有员工的行为。

自20世纪20年代霍桑实验以来，人们在寻求让员工自动自发地工作的动机与力量，变"我要你干"为"我自己要干"。作为管理者，你是否拥有一种让员工自己要干的能力？这种能力是什么呢？我们首先要思考员工在什么情境下效率最高。肯·布兰佳和斯宾塞·约翰逊所著的《一分钟经理人》一书给出了答案："员工在自我感觉良好的时候效率最高。"这样说来，"让员工获得良好的感觉"是管理者应该做的事，也是管理者应具备的一种能力。作者喜欢将"让员工获得良好的感觉"简化为一个字，那就是"爽"，让员工"爽"！让下属"爽"！

对于"如何让下属爽"，我也曾一片茫然。通过近30年的管理实践，不断地总结与反思，我逐步悟到一些"诀窍"。

学会赞扬；

认可员工的贡献与价值，并把它说出来；

尽可能让员工参与改善与决策活动；

管理者公平公正的行为风格；

……

学会赞扬

及时、真诚、恰如其分地赞扬。有进步就赞扬，而不是等任务完成才去赞扬。真切的赞扬能让人获得良好的感觉。

学会赞扬并不容易。只有建立了正确的认知和价值观，你才有可能自动自发地去发掘下属的优点与进步，哪怕是一丁点儿进步都会让你惊喜。人们习惯拿规范和目标去对照员工的行为和结果，眼睛盯着的是有哪些不对和差距，而不是做对了多少和进步了多少。我们有必要换一个角色来思考与看问题，这个角色就是爱，爱员工、爱同事、爱下属、爱上级、爱老板，这个角度就是阳光的一面。好员工是夸出来的。

认可员工的贡献与价值，并把它说出来

一些管理者习惯在年终评比时将员工分成橄榄型等级，将员工的好积攒到年底进行表扬、表彰，将员工的坏也积攒到受不了时批评，而不是随时随地随事关注员工的贡献与价值，这样的表扬流于形式，显得空洞，这样的批评让人感觉是"秋后算账"。从内心深处认可员工的贡献与价值，并及时、具体地讲出来，会让团队充满正能量。但这往往被管理者忽视。

尽可能让员工参与改善与决策活动

员工的知识与技能不一样，管理者应建立各种通道，让清洁工

也能参与到改善与决策的活动中来。这样，不仅会激发员工的智慧，还会让员工感受到被看重。

管理者公平、公正的行为风格

大部分员工离职的原因是对上级不满。相当一部分员工因为公司而入职，因为上级而离职。上级不能公平、公正地处事，下属会由怨生恨，进而离职。

管理者不可能将每件事都做到绝对公平，但应展示出一贯性的公平、公正的行为风格。这样，即使偶尔有个别员工感觉管理者不够公正，他也会更多地从自身去找问题。好的管理者吸引员工，不好的管理者驱离员工。

开放与学习的企业文化，令人振奋的目标与愿景……总之，有很多途径可以让员工"爽"。面对90后、00后员工，当下中国的管理者更需要一种"爽"力，也就是让下属"爽"的能力，这或许能成为你的卓越领导力。

第十八章

"用人不疑，疑人不用"
是一种误导

本章要点： 用人不疑，会被人所误；疑人不用，就无人可用。"用人不疑，疑人不用"是一种误导。

文 / 李新久

"用人不疑，疑人不用"是干群关系的毒瘤

古人云"用人不疑，疑人不用"，这句耳熟能详的话误导了许多人。在企业里，作为老板或上级，如果满脑海是这种想法，你会因为下属一次又一次让你失望而不知所措。疑他吧，会被人质疑"这人疑心重，不好打交道"；不疑他吧，又担心他的不良表现影响企业生存与发展。如果你是下属，满脑子也是这种想法，当上级或老板对你的业绩或某一行为提出质疑时，你会产生挫败感，严重时倍感委屈甚至怒气冲天。因此，"用人不疑，疑人不用"成为企业干群关系的毒瘤。

事实上，"疑人"不用，就无人可用。因为在现实工作中，你不可能对所有的下属都满意，某一下属也不可能让你时时刻刻都满意。这样一来，所有的人都会被疑。既然都是"疑人"，那你还能坚持疑人不用吗？用人"不疑"则让上级更难，不通过质疑，如何弄清楚事情的来龙去脉与真相？如何做判断与决策？如果"不疑"，上级还要进行工作跟踪与合规检查吗？答案当然是否定的。

站在下属的立场，既然"用人不疑"，那你为什么要质疑我呢？质疑就是不信任，既然不被信任，我为什么要那么拼，为什么要待在这里？心都不在一起，这样的企业还能好吗？

"用人不疑，疑人不用"起源于古时皇帝对臣子的期许与权宜之策。久而久之，便成为管理者的主流价值观。这种价值观在企业里容易造成老板和雇员、上级和下级之间思想和行为的对立，是有害的。

用人要疑，疑人要用

在西方价值观看来，"用人要疑，疑人要用"。因为是否应该"疑"，如何"疑"，仅是一种主观评价、臆念与感觉，不客观。为此，不能作为用人的准则。

对人的评价，西方管理形成了一些科学的测评方法，这些方面有：经济增加值（EVA）、绩效棱镜、360度测评体系、平衡计分卡体系等。用测评体系去测评每个人的业绩与行为表现，也就是堂堂正正地质疑与检视。在西方管理的价值观看来，这是再正常不过的事情，没有什么好生气的，更不会产生不被信赖的感觉。"用人要疑"，关键是如何正确与科学地"疑"，而不是要不要"疑"的问题。

"疑人"要用，"疑人"是那些还不能达到你期望要求的人。每个人相对自己的岗位，都存在一个学习与成长的过程。如果他完全胜任或超过本岗位的能力需求，那么这个岗位对他没有激励作用，他会产生不满意。聘用相对岗位要求而言能力比较欠缺的"疑人"，一方面会降低用人的成本，另一方面有利于建立不断向上、有活力的团队。因此，西方管理价值观认为"疑人要用"是再正常不过的事了。

如何走向"疑人要用，用人要疑"

在企业里，建立正能量的用人机制十分必要。我们可以从以下几个方面入手。

组织设计。建立审计与稽查部，负责例行审计，如年度审计、离职审计等。负责对容易滋生腐败的环节进行稽查，如工程建设的工程量变更、工程采购等。

制度建设。将审计、稽查作为干部管理的一项制度，将一切尽可能地晒在阳光下。"公正、公平、公开"容易促进正能量的产生和扩大。例如，建立轮岗制度。企业里可能涉及权钱交易的岗位有很多，但关键岗位不多，我们完全可以建立关键岗位轮岗制度，3～5年必须轮岗。轮岗带来两点好处：一是有利于干部的成长；二是轮岗后，许多被一时掩盖的问题会被暴露出来。

标杆管理。企业里一般都会开展目标管理，但目标如何确定，什么样的目标是合理并具有竞争力的？为此，应开展常态化的标杆管理，建立"内部标杆、行业标杆、跨行业标杆"数据库，定期更新，将其作为确定目标与预算的依据。对业绩差甚至糟糕的部门与岗位一定要展开运营审计。通常这样的地方往往存在用人腐败与经济腐败的问题。对业绩超越标杆的部门与岗位大张旗鼓地进行表彰、奖励甚至提拔。一些企业的老板心中没有标杆，他们没有建立正常的审计制度，他们听小报告，对好人与坏人难以区分。殊不知，表彰与重用一个坏人，必然会打击与"驱离"一片好人。对业绩差的部门与岗位的姑息就是对业绩好的部门与岗位人员的打击，这一点往往被忽视。

测评体系。在以上三点的基础上建立岗位业绩测评体系。从目标达成率与提升率、制度流程执行的符合性一明一暗两个方面进行考评，通过完善的测评体系与客观、公正的测评，将测评与审计结合起来，就可以客观、公正地评价一个人。业绩是行为的结果，我们无法去监督每个人的行为，但我们可以测评其业绩。对一些不易量化业绩的重要环节采取过程稽查，如工程建设的各个阶段，促销活动的费用支出等。

对审计的监督。审计报告应被应用于管理，存入人事档案，成为人力资源部门的评估依据之一。对问题点的整改由责任上级追踪，做审计报告时应与当事人及上级见面，允许当事人澄清一些疑点，并在追踪核查的基础上予以更正，这本身就是对审计活动的监督与完善。同时，对审计员审计报告的符合性建立档案，进行复查与追踪。客观、公正的审计在组织里能极大增进信任与理解，促进正能量的产生和扩大。反之，虚假与歪曲事实的审计是邪恶势力的帮手，尽是负能量。

总之，"用人不疑，疑人不用"对组织是有害的。我们无法对一个人的道德水准进行直接测评，但我们可以建立目标与业绩测评体系，通过结果来间接测评人的行为，建立"用人要疑，疑人要用"的科学、理性的用人价值观。

第十九章

人员管理的三个维度

本章要点：管理者应不断提高道德底线和利益底线，在发挥好物质引力作用的同时，更多地发挥文化引力的作用。

文 / 李新久

组织都离不开人，都涉及人员管理。关于人员管理，从哲学层面到实操层面，中外有太多的理论与学说。初习管理者往往对此一头雾水，不知所措。梳理有关人员的管理理论，捋一捋思路，对有序开展管理活动、提高管理者的工作效率是有帮助的。

人本维度

从中国的国学到西方近代的人本研究，概括起来，人既有个性又有共性。由于每个人生活、学习和工作环境构成的成长经历不同，所以每个人存在着不一样的思想认知与逻辑，这些就是价值观。尽管两个人的主流价值观相同或相近，但在一些非主流方面仍会存在差异。因此，一人一世界，千千万万的价值观构成了千千万万的个性。

但是，人性又存在共性，不同民族、不同信仰、不同肤色的人们又广泛存在一些共性，这些共性可概括以下十个方面（但不仅限于）。

1. 人性具有两面性。

一方面向善，另一方面向恶；一方面忘我，另一方面自我；一方面积极主动，另一方面消极被动。管理者应扬善抑恶。

2. 人的需求与动机可分层次。

马斯洛将人的需求分为五个层次：从低到高依次是生理需求、安全需求、社交需求、尊重需求和自我实现需求。当需求进入高一层次后，前一低层次需求就不具备激励作用。在这里要强调的是很多管理者忽视心理安全需求，它是安全需求的重要组成部分。一个让人感觉心里不爽的人文环境是不能满足人们的安全需求的。管理者还应明白一个道理：管理者的领导方式应与环境相适应，面对不同的文化、行业、人员、职业，以及在组织发展的不同阶段，应采取不同的领导方式。

3. 倾诉是一种持续的需求。

人是有着高情感的动物，情感是需要交流的，而且，不是今天交流了、满足了，明天就不需要了。我们不是让大家在工作时去谈情说爱，而是强调在与组织成员进行交流时，要给对方倾诉想法与表达意见的机会，即使自己有成熟的方案，也要给对方质疑的机会。这样做会增强组织成员之间的凝聚力，也会增强你的领导力。

4. 被理解是一种感动。

有些管理者习惯自以为是，会花精力去琢磨上司的想法与情感，而不重视下属的想法与情感。如果你花点时间去琢磨下属，站在下属的角度去思考，你就会增加对下属的理解，下属被你感动了，还有什么事情办不了呢？

5. 思想决定行动，行动折射性格，性格背后是思想（价值观）。

有千千万万的价值观，就有千千万万不同性格的人。管理者应学会从下属的行为习惯中去分析和解读下属的价值观，用组织文化去影响团队和下属的价值观，从而规范与统一组织行为。

6. 用 21 个月塑造团队的习惯。

21 天的重复行为有可能成为个人的习惯，21 个月的重复行为有可能成为团队的习惯。行为习惯体现为一种素质，管理者应对团队转变的过程给予想象与理解，不能急于求成。幼小的时候，人的行为来自模仿，来自环境的影响。随着不断成长，人的行为来自习惯与藏在内心深处的价值观，而价值观又受环境的影响。学习与交流能影响价值观，从而影响行为，但要固化行为并转变为习惯，需要不断强化。重复是一种很好的强化。团队行为的重复与转变要比单个人复杂得多。它是一种复杂的、由部分逐步改变整体的过程：宣贯→部分认同→少部分人的行为→少部分人转变→激励→大部分认同→大部分人的行为→大部分人转变→激励→团队绝大多数认同→团队绝大多数的行为→团队绝大多数转变→团队习惯。

7. 人们逃离痛苦的力量大于追求快乐的力量。

凌晨三点被叫醒起床上泰山看日出，最后起床的人数比同一时刻被叫醒逃离失火酒店的少。惩罚比奖励的效果来得快，但效果难持续。趋利避害是人的本性。为此，底线是必须的。

8. 归功于内、归责于外。

对自己付出多少努力往往比较清楚，而对他人付出了多少我们通常不十分清楚，也就是了解一个大概，因此，高看自己的贡献就成了必然。久而久之，归功于自己、归责于他人也就不奇怪了。

9. 认知上"盲人摸象"具有普遍性。

每个人出生的环境不同，接受的教育不同，生活与工作的环境也不相同，因此，观察事物的视角与分析事物的逻辑自然就会存在差异，观察事物时会按自己习惯的视角与逻辑得出不一样的认知。面对同一组数据，销售负责人、供应链负责人和生产负责人会得出不一样的结论。每个人都是该领域的专家，都认为自己发现了真理，并固执地坚持这些真理。

10. 心理暗示具有引导性，管理者应发扬榜样的力量。

人们在幼小时模仿父母，孩童时模仿老师与同伴，环境对人的影响从未停止过。

综上所述，虽然一人一世界，但是激励人是有通用方法的。掌握人性的共性，正确面对人性的个性，具体可概括为两点：一是整合个人利益与组织利益，形成共同的愿景和目标。二是员工行为驱动力可概括为物质引力和文化引力，如图19-1所示，管理者应不断提高道德底线和利益底线，在发挥好物质引力作用的同时，更多地发挥文化引力的作用。

维度一聚焦于愿景、目标、文化与机制，属于人本管理。目的是激发人的内在工作热忱，使人的行为处于主动状态。

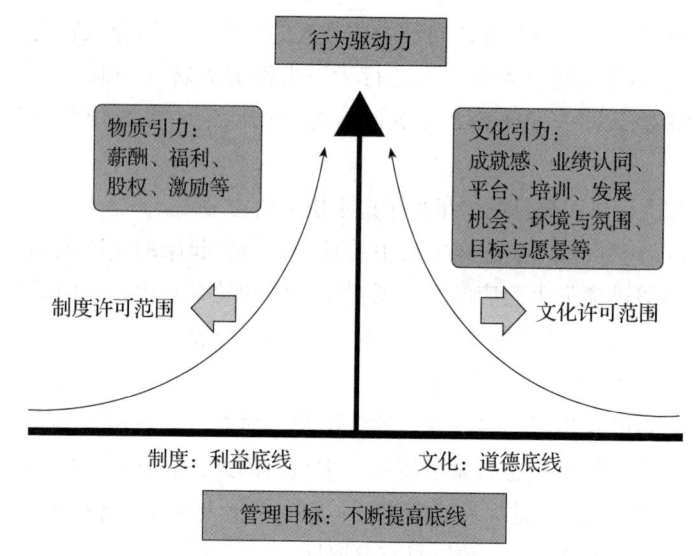

图 19-1　员工行为驱动力

系统维度

　　仅从人本的角度出发，一切都是散的，不容易落地。为此，我们需要研究一种载体，让人本思想贯彻其中的体系。近代西方管理盛行过程方法，这是一个非常好的维度。过程方法告诉我们：任何活动都是有目的或目标的，工作（组织内的活动）应被目标驱动。将投入（输入）转化为产出（输出）的活动被称之为过程，也就是说，业务目标驱动业务过程。一般的情形是，在某一时空环境下，业务过程是相对确定的。例如，麦当劳的餐饮的业务过程是确定的，为保证从采购到加工、收款、送餐、保持环境卫生等活动（业务流）能有序进行，麦当劳餐饮公司需要建立明确的工作责任流，通过设置后台若干岗位和前台若干岗位来履行这些工作责任流，为了保证工作责任流的协调有序，需要建立管理流。为了使业务流、工作责任流和管理流规范有序，建立岗位责任 SOP、管理 SOP 及安全作业 SOP 等，以上这些构成了过程控制的管理体系，如果再增加改善 SOP、战略发展 SOP、财务 SOP、人力管理 SOP 等，就构成了整个企业的管理体系。用过程方法构建这些管理体系，将"输入、活动、输出"这三要素进行细节量化，不断地完善它，它将定义每一项活动由谁负责？如何履行职责（即如何做）？这样一来，我们根据业务流建立工作流与管理流，进而形成责任流，使事事有作业方法，事事有人负责。

系统维度聚焦于产品、过程与系统，属于系统管理。如图 19-2 所示，它能够使人的活动进入规范、有序的状态。

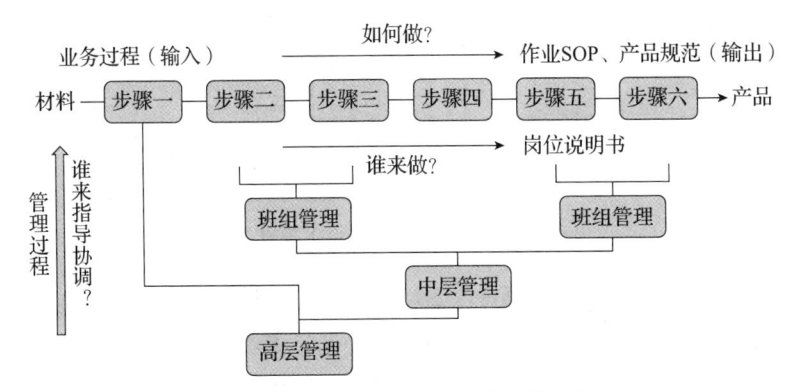

图 19-2 产品、过程、系统关联图

智慧维度

为了减少对员工知识、记忆力的依赖，避免出错，人们在实践中开发了目视管理、傻瓜化管理等，并使设备具备自诊断、自报警功能，丰田的"安灯"系统更是展示了让生产线具备智能的价值。

21 世纪以来，MES、ERP 等智慧管理技术不断得到开发，将标准与流程 E 化，将数据云算化，极大方便了维度一与维度二两种管理思路的融合，形成了维度三——智慧管理，值得读者去研究。

三个维度的关联关系

如图 19-3 所示，关于人员管理的三个维度都是聚焦于达成组成的目标,将事做到位。

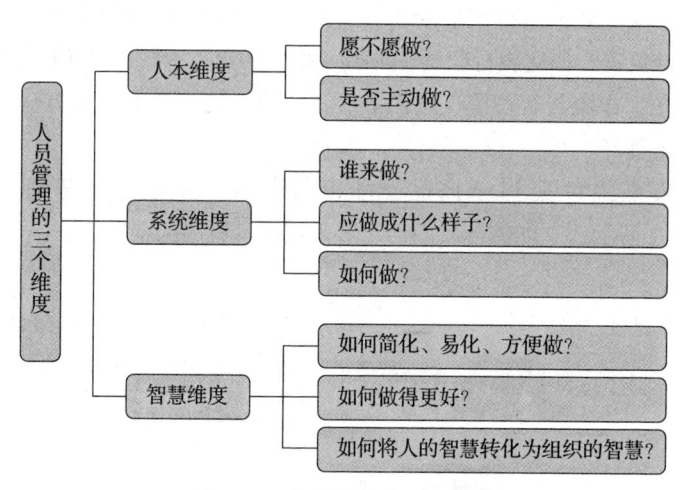

```
人员管理的三个维度
├── 人本维度
│   ├── 愿不愿做?
│   └── 是否主动做?
├── 系统维度
│   ├── 谁来做?
│   ├── 应做成什么样子?
│   └── 如何做?
└── 智慧维度
    ├── 如何简化、易化、方便做?
    ├── 如何做得更好?
    └── 如何将人的智慧转化为组织的智慧?
```

图 19-3　人员管理的三个维度

比较复杂的是人本维度,需要管理者应对情景展开,它体现了管理的艺术性;比较陌生,但争议较少的是系统维度,它体现了管理的科学性;更上一层楼的是智慧维度,它体现了管理的艺术与科学的完美融合。

但是,作为管理者,如果你没有厘清人本管理与系统管理,那么,你的智慧管理在大脑中势必形成一团乱麻。

关于人员管理,如果你的脑海中形成了清晰的"人本、系统、智慧"三个维度,并理解其中的相互关联,你就有机会成为一个思路清晰、章法有序、工作效率高的管理者。

第二十章

职业经理人素养——
开放·学习·分享

本章要点：开放、学习与分享应成为职业经理人的基本素养之一。

文 / 李新久

随着企业运营环境的急剧变化，职业经理人面临越来越大的压力。通过自身的改变来适应外部环境的变化，这是职业经理人应思考的方向，不断提高自身素养是职业经理人保持活力与竞争力的不二选择。从小型国有企业到民营企业、再到上市公司和跨国公司的职业历程，让我深深体会到"开放·学习·分享"应成为职业经理人的基本素养之一。下面与读者分享一些体会。

开放让变化成为可能

人的观念、知识、见识、经验等构成其基本素养，这些素养存于脑海中，如果让自己封闭起来，就像一个杯子处于 A 状态，倒放在台面上，如何吸纳新的知识呢？杯子处于 B 状态时杯口朝上，方便接收，这是显而易见的道理。但在现实生活中，非常多的人自觉或不自觉地让自己置于 A 状态中。我有一位同事，与我相识十几年了，大学本科毕业，好学、务实，成为自动控制专业的顶级专家，受到同事的尊重与领导的重视，当然，也获得比较优厚的待遇。这时，问题就来了——他觉得，我如果将自己的专长教给同事，自己就贬值了。于是，他在潜意识里选择了封闭，不传授技术，不帮助同事。久而久之，上级只得培养其他人，其他人一天天成长，这位同事也就逐渐"失宠"。这样一来，他进一步走向封闭。想想看，身边这样的案例还少吗？

职业经理人在企业中担负着带领团队完成运营目标的重任，应帮助下属成长，这样会让团队不断进步并保持活力。你帮助下属成长,下属对你心存感激,你的影响力会更大,对你布置的工作下属会更卖力地去做。

交流是相互的,人的阅历与对世界的认识是有限的,交流有助于拓宽视野与思维。如果你不开放,你就不会交流内心的一些想法与主张,你就关上了向他人学习之门。只有开放思想,才会意识到自身的不足,才会找到改进的机会。一句话,开放是自己转变的开始。

学习促进变化

自幼时开始,人们就存在学习的内在动力。幼儿模仿父母,青少年模仿明星,青年人模仿成功人士,这些都是潜在学习动力所致。如同在上文中我的那位同事选择封闭的案例一样,随着年龄的增长和环境的影响,非常多的人对学习自觉与不自觉地懈怠了,忽视了学习的价值。

思路决定出路,学习改变思路。这里谈的学习,指的不仅是向书本学,向多媒体学,向他人学,以及深度学习。我想强调的是建立学习型组织的重要性,不仅促进个人的学习,还要促进团队的学习,不仅意识到学习的必要性,还要意识到加快学习与深度学习的必要性。彼得·圣吉在《第五项修炼》一书中写得非常深刻,这本书值得反复阅读。我是那种"不用扬鞭自奋蹄"的人,这不仅会驱动自我学习,还会驱动我促进团队学习。学习不仅促进了自身的改变与成长,还促进了业绩快速改变和团队成长。长期如此,在企业中你能体会到"明星"与被崇拜的力量!

分享成就未来

分享,在这里是指职业经理人乐于与团队分享自己的知识、经验和工作成果。如果在团队成员之间建立一种分享文化,你可以想象团队的友好氛围与满满的正能量。相反,有些经理人的思想还停留在"命令与控制"的时代,他们高高在上,这样怎么可能想到和下属分享呢!他们通常的状态是自我感觉良好,感觉高人一等,这样的团队氛围充满紧张和对立，这样的企业走不远，这样的经理人也走不远，何谈未来？

当分享成为一种习惯时，格局在悄然发生改变。经理人，特别是中低层经理人，你能给予下属的物质回报是有限的，而你对下属的帮助、关爱与成长的影响是无限的，分享不仅成就下属，还能成就自己，成就企业。20年来内训与外训的经历让我深深体会到"接受培训是一种福利，上台授课也是一种福利"。

开放、学习与分享不是孤立的，而是相互促进的。具备这种素养的经理人带领的团队让你感觉满满的正能量。期待越来越多的经理人用自身改变来应对外部环境的变化。

第二十一章

管理企业没有"一招鲜"

本章要点： 不同企业面对的挑战不尽相同，同一企业在不同发展时期面临的挑战也不尽相同。管理企业没有"一招鲜"。

文 / 李新久

近两年，在盛和塾的推动下，"阿米巴"成为很潮的热词，这使我联想到3～5年前的国学热、更早的企业文化热等，每隔三年五载，管理咨询界总会炒热某一名词、某一种管理方法，其炒作热度使非常多的管理人员和老板误以为找到了解决当下困局的灵丹妙药。我不否认任何管理理论与方法的价值，但"一招鲜"的思考方式是有害的。

管理者面临各种各样的挑战：新品缺乏竞争力，交付延迟，呆滞品存量高，质量不稳定，成本不具竞争性，资源约束等。尽管很多挑战具有一致性，如全球经济下行带来销售不畅，人力成本的普遍增长，但更多的是，不同企业面对的挑战不尽相同，同一企业在不同发展时期面临的挑战也不尽相同，为此，"一招鲜"式的解决方案不可能存在。管理方法应与企业环境相适应。

从历史看未来，从管理经典中寻找管理规律

以1911年泰勒《科学管理原理》的出版为标志，管理学由学术零碎变成了一门被广泛认可的科学，至今也就一百多年的历史。但管理活动却比这早几千年，我将它归纳成管理发展时间轴，如图21-1所示。

第二十一章 管理企业没有"一招鲜" | 159

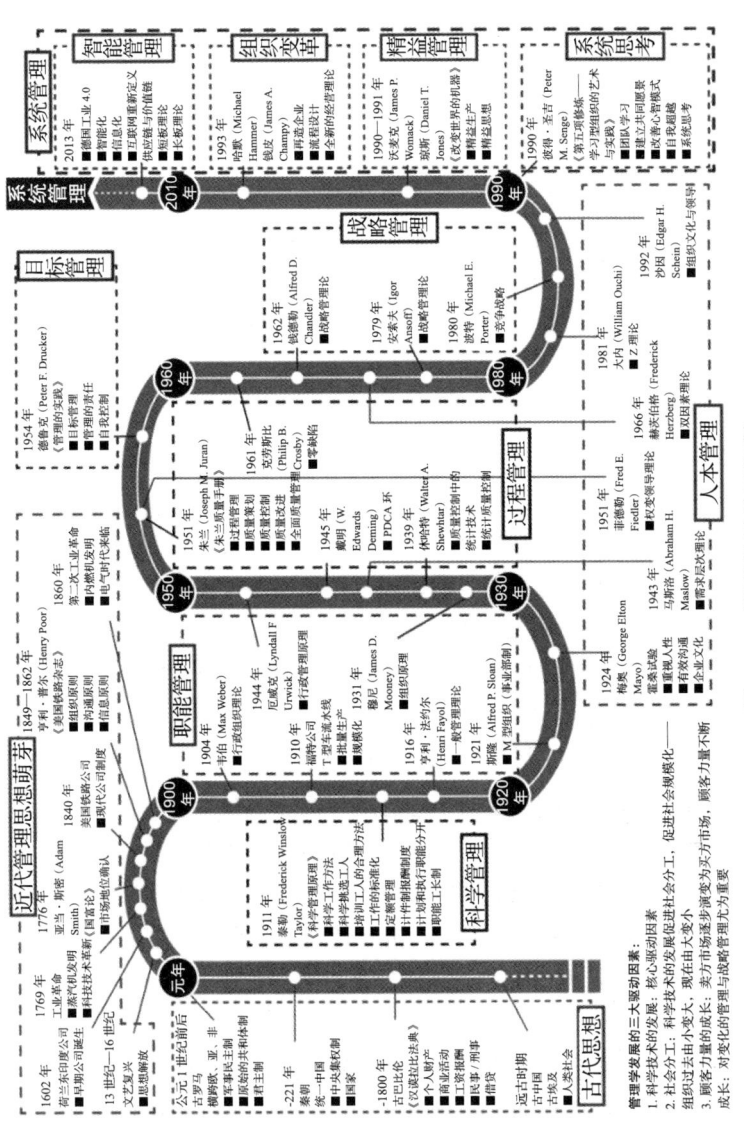

图 21-1 管理发展的时间轴

这张图传递了几个重要信息。

1. 管理理论来源于管理的现实挑战与实践，是管理实践的总结与提炼。

2. 推动管理发展有三大动力：第一，科学技术的发展推动生产力的发展，它改变了人们生产与生活的方式，改变了组织与组织方式。第二，社会分工使组织规模空前扩大，使组织关系复杂化、全球化，它给管理的实践提出了一系列复杂的相互关联、相互作用的课题。第三，随着供求关系由卖方主导至买方主导，顾客的力量逐步变大，最终改变了组织的经营管理行为，推动了"质量管理""战略管理"的产生与发展。

3. 不同的管理经典流派，聚焦于不同的时间段，这些时间段存在交叉，但不影响这些管理经典的价值，恰恰相反，当你回归管理历史中去理解这些管理经典时，你更能理解各个经典理论的作用与相互关联，就不会以割裂的方式解读管理经典。

4. 管理未来发展有两个主要方向：一是系统化与智能化，减少对人的依赖是组织努力的方向，当下互联网与智能机器人等为智能化创造了新的条件；二是如何发挥人的主动性与创造性，当下阿米巴经营模式为提升人的积极性与主动性开启了一扇别样的门。

管理工具与方法应与当下相结合

管理界从管理实践活动中已总结与提炼了非常多的管理工具与方法。如何应用这些工具与方法，很容易让管理者莫衷一是，甚至产生混乱。通常的表现是"要么用新工具与方法来否定历史的一些做法，要么东一榔头西一棒"。初级管理者容易患上"管理工具与方法缺乏症"，相对资深的管理者容易患上"管理工具与方法消化不良症"。

管理者应学会在正确的时候做正确的事情。正确的事情在错误的时间去做，会得到你不想要的结果。管理工具都是正确的，但你如果在不恰当的时间应用，很难得到你想要的效果。管理工具的选用应循序渐进并结合当下的组合，如图21-2所示。

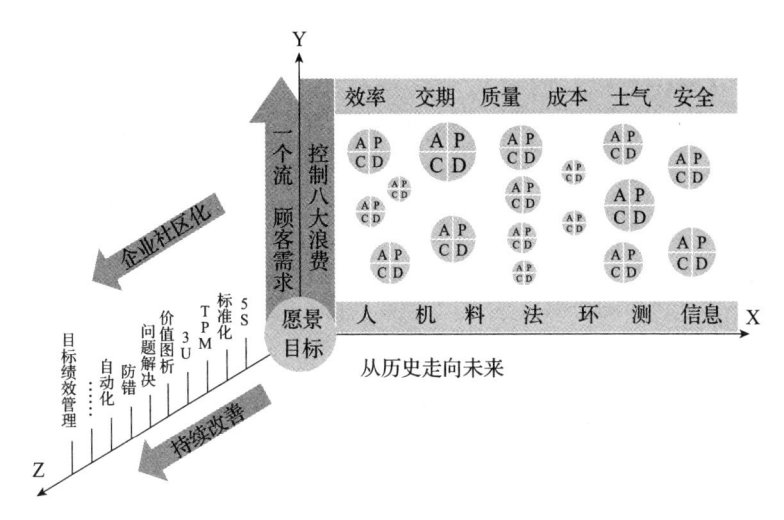

图 21-2　过程要素与管理工具关联图

原点是愿景与目标，它是组织活动的出发点，也是终点。管理应以终为始。

X 坐标底部代表活动的输入，它包括人、机、料、法、环、测、信息；上部代表活动的输出，它包括效率、交期、质量、成本、士气、安全。在这里，"士气"被列为输出之一，让人感觉有点虚。其实不然，海底捞的超值服务是不是士气？厦门航空的优质服务是不是士气？员工的高出勤率和改善的高参与率是不是士气？士气展现出组织的优秀品质与服务。

Y 坐标代表对活动的控制与管理，组织的活动应被客户需求拉动，客户是组织存在之本，管理者应落实业务过程设计和管理策划；对活动的管理应控制八大浪费，它是组织获得持续竞争力的重要支柱。

X 坐标、Y 坐标及由其构成的面是管理的对象——过程，过程是将输入转化为输出的活动。多个大小不一的 PDCA 环表示复杂的过程是由一系列相互依赖、相互作用、相互关联的活动（子过程）组成。面展示了"输入、活动、输出"过程三要素。通常说对事的管理就是对过程的管理，管理好过程三要素就能管理好组织应用的复杂过程。

Z坐标代表管理工具与方法，Z坐标从零点向外展示应用的管理工具与方法，展示在管理发展的不同阶段应用的工具与方法也是不断深入与发展的。当然，Z坐标展示的内容还可以增加，顺序也可略作调整。组织的管理活动通常经历从无序到标准化、从标准化到精益、从精益到智能三个阶段。

第一阶段的重点应做好5S和标准化，以ISO9001为起点的标准化体系的扎实推行是成功组织的选择。

第二阶段应用QC等统计技术和精益技术，实现组织管理的持续改进与优化。

第三阶段应用IT和信息技术等，使组织管理走向智能化。

目标绩效管理是创立一种机制，让员工自动、自发与自主管理的机制，是在任何阶段都应展开的一项重要管理活动。阿米巴经营模式是目标绩效管理的成功应用与发展。管理者在使用管理工具时切不要赶时髦，应循序渐进。

Z坐标"企业社区化"的箭头表示管理应尊重与发挥人的潜能，企业社区化是建立幸福企业的途径，是新时代对组织的要求。我们购买某一小区的住房，就成为该小区的一分子，成为该小区的主人，从此关心小区的和谐发展。企业社区化就是指企业主和高层管理者应推动将员工转变成合伙人式的社区主人。

各级管理者应该清醒地认识到，新时代对组织要求变化最根本的原因是新时代人的需求层次的上升，管理者应转变思维方式和开展管理方式的变革，将管理方式由"命令—控制型"转变为"教练—激励型"，将企业与员工的关系由"雇用关系"转变为"合作关系"。

以上这些理念构成了管理"从历史走向未来"的路径，驱动企业运营管理不断转型升级，持续追求卓越绩效，从而迈向基业长青。

第二十二章

管理的逻辑

本章要点：管理者如果对需要展开的各项管理活动的顺序、作用与关联不清不楚，那么他的指挥必然是"东一榔头西一棒子"导致团队成员之间的工作很难协同，甚至产生冲突。

文 / 李新久

小故事

有一则广为流传的小故事。

问题：树上有 9 只鸟，猎人开枪打死一只，还剩几只？

小学生甲回答：还剩 8 只，9-1=8。

销售员乙回答：有可能剩一只，有可能剩零只。如果被打死的鸟挂在树上，就剩一只，其余的飞走了。如果被打死的鸟掉在地上，就剩零只。

律师丙回答：如果鸟都在笼子里，还剩 9 只，1 死 8 活。如果鸟不在笼子里，可能剩一只或零只。如果一部分鸟在笼子里，而另一部分鸟在树枝上……

同一问题竟然有多种不同答案。

在管理活动中，管理层中每个人都会根据自己的职责和经历对某项管理活动或业务模式做出有失偏颇的反应，所以，面对同样的数据，他们经常能"看出"不同的结果，如上述故事一样。他们会有选择地关注那些与自己相关的数据，并能从这些数据中推出意义，得出"明显"的结论，然后把这些结论当作真理，捍卫自己的立场。每个人都在表达自己的观点，对自己深信不疑，觉得其他人都是错误的。因为他们都是各个领域的专家，所以这些行为都是在完全没有意识的情况下自动做出的。

人们思维逻辑深藏在行为的背后，鲜为人关注。如果任由发展，管理者个人的工作效率和组织运营的效率都不可能好到哪里去。这就是为什么有人能将复杂的问题简单处理，有人却将简单的问题复杂处理。有人做事事半功倍，有人却事倍功半。看来，捋一捋管理行为背后的逻辑十分必要。

在这里，逻辑是指人们思考问题，从某些已知条件出发推出合理结论的思维过程。管理的逻辑是指管理活动的步骤与关联作用。一方面，不同的管理者，对实现同一特定目标的步骤的理解不一样，对要实施的多个管理活动的一系列步骤之间及同一活动内各步骤之间的顺序与关联作用的理解也不一样，这背后的原因是人们的思维过程与推理逻辑的差异。另一方面，管理者面对的各种情形是复杂的，某一特定活动应对特定的环境，它的逻辑是不一样的。各种各样的管理活动对应各种各样的逻辑。为了正确、有效应对复杂组织系统的管理问题，作者通过北京大学出版社出版了《系统管理的力量：做一个卓有成效的管理者》一书，以客观的角度，结合自己多年的管理实践，对管理的逻辑与系统方法进行了深入探讨，这里不再赘述，仅与读者分享提升管理逻辑思维的一些方法。

让思考可视化

想不如说，说不如写，可视化能帮助思考与交流。

人们的思维过程可分为主动思考与潜意识思考。主动思考的记忆会不断强化潜在思考，如我们会根据上次行车记忆判断今天重往同一地点的路线，事实上，路线发生改变的几率还是蛮高的。我们可以通过优化主动思考来改善潜意识思考。那么，如何来优化主动思考呢？

人们脑海中的各种想法是飘忽的，各种推理是模糊的，提高思考的正确性与有效性的最直观的方法是让思考可视化。我的习惯是将思考写在纸上，写在白板上，这样往往使主题聚焦，使飘忽的思维得以固化，变得可检讨、可修改、可完善。我的经验是：想不如说，说不如写。与其静静地冥思苦想，不如找 1～2 个与思考主题有关联的同事或朋友进行交流讨论，将想法说出来，说出来的过程也是让思考快速梳理的过程，它会让飘忽的思想火花变成可触摸的"流体"。如果与同事或者朋友在讨论时，共享一块白板，将说出的想法、主意、看法记录在白板上，充分交流的讨论、补充完善。这样做，我们会发现大家好像都插上了智慧的翅膀，流动的思考得以固化。将思考与讨论写出来，就是让思考可视化。

流程图与逻辑树

流程图与逻辑树是将思考可视化的两个非常好用的工具。流程图不仅使各种活动的输入、输出与具体步骤展示出来，还能将各级步骤之间的顺序与关联作用展示出来，可提高思考的逻辑性。下面，我们重点介绍逻辑树对提高思考有效性的帮助。

如图 22-1 所示，我们以对复杂问题展开分析时的步骤来说明逻辑树。我们要解决的问题是分析的目的地，也是始点，问题涉及的方面可能非常多，我们展开第一层分析，一一列出可能的原因，再作出质疑、论证，排除不可能牵涉的方面，通常保留 3～5 个问题的根源，然后转入第二层分析。针对第一层分析的可能原因，按上述方法进行第二层分析。通常展开至第 3～5 层时，我们往往能找到真因。真因可能来自 1～3 个关键要点，对这些要点直接采取纠正措施，可以使问题得到解决。

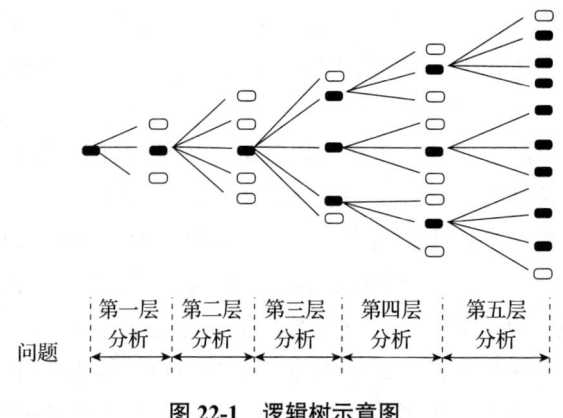

图 22-1　逻辑树示意图

在现实中,尽管这样做了,往往问题还是得不到解决。我们得回到第一层重新分析,重新审视被我们排除掉的可能因素,用排除法重新筛选可能的原因。第二层至第五层,重复以上的做法。本人的经验是 70%～80% 工作中的问题,经过一个回合可以找到解决方案,20%～30% 的问题需重复 1～2 个回合可以找到解决方案。

在对应用逻辑树进行分析时,有三个关键:

1. 过程的顺序、层级与关联的理解和识别。使用者在初期往往会出现顺序与层级错乱,影响分析结果,多用几次,反复琢磨,熟能生巧。

2. 每一层级展开的几项要素应相互独立,内涵不交叉、不重叠。如"男人与女人""老年人、中年人、青少年与儿童""中国人与外国人"各自作为一个层级的分类要素,但不能将"男人、中年人、外国人"作为一组同层级要素展开分析。

3. 按事件的"整体到局部、粗到细和时间先到后"相结合的办法,展开层层分析。层级分析的总体原则是"相互独立,无限穷尽"。这八字原则非常重要,它需要以层别为基础,层别就是分层别类的意思。

逻辑树的用途相当广泛,工程项目按逻辑树展开计划叫"时间树"或"计划树",KPI 按层级分解叫"KPI 树",问题分析按要素展开叫"问题树"……

问题树有一个常用的固定格式,日本质量管理专家石川馨提出的"要因分析图",也叫"鱼骨图"。

由于逻辑树给定了一个思考与分析的框架,使思考与分析的逻辑清晰、严密、不重叠、不漏项,效率自然会高。

脑力震荡

单个人冥思苦想,不如找 3～7 人来一个脑力震荡。脑力震荡也有叫头脑风暴。应用得好,可以帮助人系统思考与分析。沟通激发创新,头脑风暴会让与会者的思维活跃起来,相互激发,相互补充,相互完善。

头脑风暴的效果不好，通常是对步骤的理解与把握不对。第一步，主持人介绍存在的问题是什么，最好用实物、图片、影像和数据来说明问题；第二步，自由奔放，让与会者充分发表意见，越多越好，记录在白板上，与会者不可以压制或指责别人的发言与观点，这很重要；第三步，将第二步呈列的内容区分事实与意见，将意见剔除掉（如与会者告诉你：" 开会很无聊，时间也很长。""开会很无聊"是意见，"时间很长"、效率低才是事实，才是问题），将事实进行层别；第四步，在第三步的基础上展开推理、论证与分析，排除不可能的因素。这时，往往能找到解决方案。如果未能找到解决方案，我们需要重新搜集与问题相关的信息，甚至去现场，再来一次头脑风暴。这里，现场可能是客户，也可能是车间，也可能是物流的某一环节。

质疑会

有了头脑风暴会，为什么还要质疑会？两个会议的主题方向是有差异的。针对疑难问题寻找解决方案时，召开头脑风暴会；针对要实现预知目标需要一个实施方案时，召开质疑会。

会前，需让部门主管制订一个项目方案，使讨论有一个框架式预案，并做成 PPT。然后召开一个相关方质疑会，将方案图投影出来，让与会人员对方案的主张、论证与数据一一质疑。友好的质疑会完善思维逻辑，往往能使方案更系统更具操作性。质疑应成为一种决策程序，一种思考习惯。

现场有灵气

很多时候面对问题，在会议室讨论，在办公室分析，往往不着边际，不得要领，甚至陷入思考的死胡同。到现场去看看直观的具体情形，往往会给人以灵感，让飘忽的思考具体化，能帮助我们作出快速、有效的判断。所以稻盛和夫说"现场有灵气"。

如图 22-2 所示，以上方法的共同特点是"使思考变得可视与具体，思维被激发，盲区被填补"。读者不妨试试，它会帮助你成为一个逻辑严密、思路清晰、指挥得当的有效管理者。

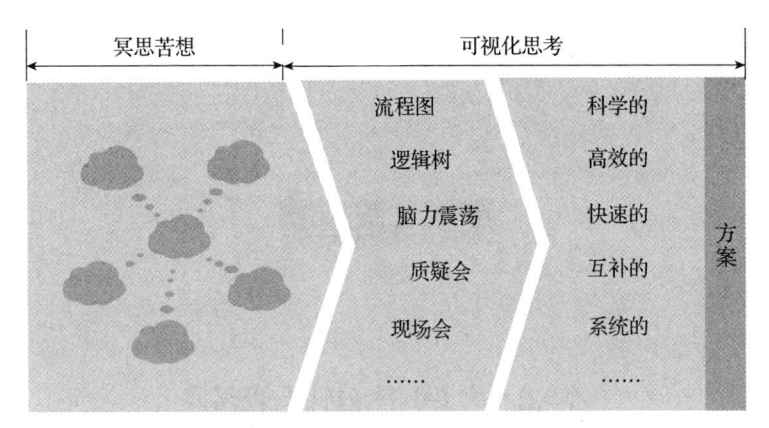

冥思苦想	可视化思考		
	流程图	科学的	
	逻辑树	高效的	
	脑力震荡	快速的	方案
	质疑会	互补的	
	现场会	系统的	
	……	……	

图 22-2　思维可视化模型

第二十三章

企业转型升级的逻辑

本章要点：企业存在的理由是为顾客创造价值。所以，企业经营管理转型升级应紧扣顾客价值。转型升级不是目的，通过为顾客创造价值实现持久的生存与发展才是目的。

文 / 李新久

最近，和企业界的一些朋友交流时，大家都有一个困惑，知道转型升级重要，有的近两三年花费 50 余万元到处听专家讲座，可是，回到公司，还是不知如何做。三年过去了，企业营运模式照旧，日子却越来越难。

作者试图结合自己从国企到民企，再到外企；从小公司到大型集团公司，再到跨国企业；从计划经济到市场经济的历程，探讨一下企业经营管理转型升级的逻辑。在这里，逻辑是指企业经营管理转型升级的每个步骤之间的关联和作用。

以终为始

企业经营管理为什么要转型升级？为什么近几年来转型升级尤为迫切？如何转型升级？

我们首先应思考，企业存在的理由是什么？创建企业的目的是什么？尽管早期是为了生存，但企业创建的目的还是盈利，不盈利的企业是没有明天的。企业因顾客而存在，企业存在的理由是为顾客创造价值。所以，我们思考企业经营管理转型升级时，应紧扣顾客与价值。转型升级不是目的，通过为顾客创造价值实现持久的生存与发展才是目的。离开顾客与价值，转型升级就失去了方向。

对顾客与市场把握的能力主要来自两个方面：一方面是科学的方法，基于数据与信息分析的决策方法，通常所说基于事实的决策方法。企业的经营管理者应敏感应对环境变化对顾客需求的影响。对销量和价格，甚至到某一品项销量和价格变化与变化趋势，应仔细解读其背后的因素。并且，一年、半年，甚至一个季度进行一次标杆分析。另一方面，高层要坚持走访市场和顾客。乔布斯在就读中学时就是一个无线电爱好者，他假期到惠普公司打工，学习电脑制造技术。20世纪70年代在车库里创建苹果公司，其目标是将庞大的像一间房子的计算机改进成像一只纸盒子大小的计算机，这样，计算机不仅可以在工业领域使用，也可以在办公与教学领域使用，其市场容量会扩大无数倍。80年代乔布斯和他的苹果公司做到了。当IBM、东芝、联想等越来越多的公司都会做纸盒式办公电脑时，乔布斯又看到了个人移动电脑的市场前景，iPad只是一个过渡，iPhone横空出世，一个集计算机、录像机、照相机、随身听、移动电话等功能于一体的移动智能手机让顾客倾倒，又开创了一个消费新时代。40余年，乔布斯从来没有离开过他热爱与熟悉的领域。他在这个领域的积累与沉淀使他具备一种能力，一种对顾客与市场理解和把握的能力。

就像电脑市场的变化一样，任何一个市场从来没有停止变化过。如果将目光回眸10年、20年、30年，甚至100年，我们能从市场的历史演进中找到一些规律，这些规律有助于我们把握市场未来的方向。历史从来不会重复昨天的故事，但一定会再现昨天的规律。当下，值得关注的是技术进步对产品与商业模式的影响，特别是互联网、物联网、机器人等智能技术。所有这些影响，改变的是商业环境，但是，顾客永远都是根本。我们应该思考在新的技术与经济环境下，在剧烈变化的环境下，企业如何把握顾客与市场机会。环境变了，顾客的需求就变了，所以我们应对产品进行升级。环境变了，实现产品的过程（技术手段）变了，所以我们应对产品的实现过程（设备与工艺技术）进行转型升级。环境变了，所以我们与顾客互动与交付的过程也应转型升级。产品与业务过程变了，管理过程变得越来越不具适应性，所以我们应对管理过程进行转型升级，我们通常称作"组织再造"或"管理变革"。

今天，转型升级尤为迫切，是因为企业生存的环境变化比过去任何时候都更猛烈。适者生存，不能适应变化者不可能有明天。

那么，是不是引入自动化水平、智能化水平更高的设备，是不是用互联技术实现互联互通了，企业就转型升级了呢？转型升级的根本仍然是为顾客创造价值，一切与顾客价值无关的行为都是徒劳的。

产品与服务的转型升级

产品与服务从来都有强烈的时代特征，时代在变化，技术与经济环境在变化，商业环境在变化，顾客的需求也随之而变化。为此，在变化中去理解与把握顾客的需求是企业经营管理者的首要课题。我们在这里要强调对变化的理解与把握，对环境变化中顾客与市场的理解与把握。所以，产品与服务的转型升级不能脱离以上两个理解与把握。我的理解是：

1. 坚持自己熟悉与热爱的领域，不具备理解力的领域不要盲从。
2. 顾客需求的改变是一个渐变的过程。
3. 产品和服务的改进是短期的结果，产品和服务的转型升级是长期的结果，它是一个渐变的过程，我们不要期望一天一个飞跃，一次一个飞跃。
4. 高度重视技术与经济环境对商业环境的改变，以及对客户需求的改变。
5. 剧烈的改变更具颠覆性，但颠覆性改变之间是存在关联关系的。

业务过程转型升级

如何让自己长期保持领先？特别是在材料、技术与设备同质化环境下。持续保持领先的办法是对业务过程进行持续改善，持续改善是一种细小的微创新，局部的微创新。当这些微创新的量积累到一定程度，当你三五年后回眸自己的业务过程，你会发现，你的业务过程已经转型升级了。我近十几年来从事生活用纸，生活用纸有一个特点——在抄造过程中会产生纸粉，纸粉既是生产环境安全与职业健康问题，也是一个产品质量问题。四年前，我管理的产线每班需要花两个小时从事对粉尘的清扫。四年来，我们从清扫与省人省力的每一细小改善入手，清扫时间降为20分钟。并且，班组用人从6人降为4人。

很多企业迷恋引进更先进的生产线，引进智能机器人。所有的技术创新与引进应立足于是否给顾客创造更多、更好的价值。如果引进机器人，你的成本更高，你的质量没有改善，你的交付速度与灵活性都无法改善，引进就失去了价值。机器人没有错，如果你不计算投入和产出，不正确地使用才是错。

值得总结的是：

1. 业务过程的转型升级是被竞争驱动的，受环境影响与制约。
2. 业务过程应发挥企业擅长的方面。
3. 业务过程改善是一个长期的过程，企业应重视微创新与改善，不要追求突飞猛进。
4. 业务过程转型升级应立足于为顾客创造价值，避免浪费，顾客不会为你的浪费买单。
5. 业务过程包括产品与服务的实现全部过程，一部分在公司内部，一部分在公司外部。以互联网为主体的智能技术不仅影响内部过程，更多影响的是外部过程。外部过程往往体现为一种商业模式，以及与顾客互动的模式。

管理过程的转型升级

企业战略驱动产品与服务（主营业务），产品与服务驱动业务过程。管理过程是为主营业务服务的，从根本上讲，战略驱动业务过程，业务过程驱动管理过程。

管理过程的设计一定要与组织和环境相适应。同样做手机，你可以拥有一样的业务过程，但你不应追求一样的管理过程。管理过程的设计与改善应坚持效率原则——个人、过程与组织效率最大化。一切影响个人效率、过程效率和组织效率的因素都可以成为组织变革的起因。

第二十四章

迈向工业 4.0 的逻辑

本章要点：在标准化、精益化的基础上，发展数字制造与智能制造，从而使个性化柔性制造成为企业的核心竞争力。

文 / 李新久

自 20 世纪 80 年代末期 ISO9000 族质量管理标准体系在我国推行以来，过程方法逐步被中国人接受、认知、理解与广泛使用。但由于过程方法是舶来品，仍然有非常多的管理者由于没有理解其深刻内涵，在组织内建立的各种管理体系形似而神不似，面对工业 4.0 热浪的冲击，更想不明白管理应向何处去。是不是建立了 SAP、MES 等智能管理体系，就迈向了工业 4.0，企业就有了竞争力？本文聚焦"过程方法与工业 4.0"课题，探讨迈向工业 4.0 的管理逻辑。

过程方法是工业化的产物

"工业化"这个词会让人联想到流水线。流水线是实现从投入到产出（即从输入到输出）的过程。在企业内部，这些过程具备重复性的特征。输入"人、机、料、法、环、测"，输出产品与服务，产品与服务是过程的结果。通常用"效率、交期、质量、成本、安全与士气"等来测评输出是否满足要求或目标。

农耕时代以家庭手工业为主，产品由个人手艺决定，随意性强，效率低下。第一次工业革命（蒸汽机替代人的体力），使流水线得以诞生，开启了工业化时代。这种应用资源和管理将输入转化为输出的管理方法——过程方法于 20 世纪 20 年代在科学研究与质量领域被应用，50 年代被朱兰博士正式定义，并逐步成为西方企业的主流管理方法。20 世纪 80 年代，当麦当劳的汉堡在中国用工业化的办法应用到餐饮业时，中国人倍感新鲜与不可思议。今天，中国人对快餐面、水饺、汤圆、馒头等工业化产品也习以为常了。工业化带来了规模效率，过程管理方法使工业化产品得以稳定和持续改善。

智能管理是过程管理的高级阶段

建立了工业化生产线，对过程的"输入、流程与步骤、输出"进行详细定义与描述，即建立了流程与标准，并对这些流程与标准的执行进行职责分配，建立了相适应的管理过程与目标绩效考核，流水线管理从无序阶段进入了标准化阶段。这仅是过程管理的初级阶段。

为了实现少而精的投入和最好的收益，我们需要对过程反复地进行价值流分析，找出有限的，虽然不创造价值，但是在现有技术与生产条件下不可避免的步骤（称为 I 型浪费）予以暂时保留，将很多不创造价值且可以立即删除的步骤（称为 II 型浪费）立即去掉，不断地、持续地优化与改进过程，我们将这一活动称为精益化活动，将这种管理称为精益管理。建立了流程与标准之后，持续消灭浪费和使过程最大化地增值，企业管理进入到精益化阶段。这是过程管理的中级阶段。

在精益化阶段，企业会重视每一处细小改善与微创新，人成为过程不稳定的最重要的因素。第三次工业革命（电子信息技术的发展与应用）为过程的自动控制与智能化管理创造了条件：一方面，为了解决在复杂与危险环境下的作业问题，机械手、机器人诞生并得到了发展；智能技术与生产线不断融合，使智能工厂与无灯工厂得以快速发展。另一方面，智能管理技术不断完善，信息与数据集成与分析，使管理问题可视化与及时化，极大地提高了人们对复杂组织的管控能力，智能管理成为组织提升管理水平的新的发展方向，智能管理成为过程管理的高级阶段。

从过程视角理解工业 4.0

从工业化生产到智能制造与管理历程的简单概述中，我们讨论的一个共同基础是从投入到产出（即输入到输出）重复的过程，基于对这一过程的管理，我们将它分成从标准化到精益化与智能化循序渐进的三个发展阶段。基于对这一过程制造技术的探寻，德国联邦教研部与联邦经济技术部在 2013 年汉诺威工业博览会上提出了工业 4.0 新概念。它得出继蒸汽机、规模化生产和电子信息技术等三次工业革命之后，人类将迎来以信息物理融合系统（Cyber Physical Systems，CPS）为基础，以生产高度数字化、网络化、机器自组织为标志的第四次工业革命。

事实上，工业 4.0 是对过程效率基于技术与管理持续改善与创新的结果。在德国政府没有清晰提出工业 4.0 以前，以海尔智能冰箱生产线、富士康智能机器人的大量应用为代表，许多企业早已走在智能制造与管理的路上。海尔数字化柔性制造和智能制造的实践说明，智能化为柔性制造、数字制造创造了条件，但脱离了工业化与标准化是不现实的。应该在标准化、精益化的基础上发展数字制造与智能制造，从而使个性化柔性制造成为企业的核心竞争力。如果以历史和发展的视角与过程效率提升的视角来理解工业 4.0，你会发现，工业 4.0 并不神秘。企业转型升级，路在脚下！

总结

1. 过程方法是工业化的产物。

2. 从过程的视角理解管理，用过程方法展开管理，我们可以将管理划分为循序渐进的三个阶段：标准化阶段、精益化阶段、智能化阶段。

3. 工业 4.0 是对过程效率基于技术与管理持续改善与创新的结果。

4. 如果你的企业想保持竞争优势，你就应该持续改善与创新，工业 4.0 是当下的方向。将工业 4.0 神秘化与置若罔闻都是不恰当的。

第二十五章

SAP 实现智能管理的预期了吗

本章重点：管理是买不来的。SAP 仅是搭建信息化平台的工具，是走向智能管理的工具，但不是经营管理本身。

文 / 李新久

智能管理是"德国工业 4.0"与"中国制造 2025"的重要组成部分。提到智能管理，我们会联想到 MES、OAS 与 ERP 等智能管理系统，而提到 ERP，我们首先联想到 SAP。但作为企业管理系统解决方案的头号 ERP 软件——SAP，在非常多的企业里并没有实现智能管理预期。

在困惑中前行的智能管理

企业家常常会有一些困惑：企业大了，部门多了，流程长了，信息孤岛产生了，导致营运问题不能及时发现，管理成本大幅上升，决策速度慢，效果差。面对大企业病，怎么办？据说世界 80% 的 500 强企业导入了 SAP，中国企业近 40 年来也导入各种各样的 ERP，包括 SAP。但中国企业出现了水土不服的现象，花了非常多的财力和精力，却惹上一堆的麻烦。这些麻烦包括（但不仅这些）以下内容：

1. 数据不说明问题，想弄清问题，还得从 SAP 中导出数据，进行甄别、加工，浪费大量的人力和时间。

2. 审批环节复杂，流程长。

3. 审批过程的信息不全，不如纸质文件具体、清晰。

4. 部门墙现象严重，未上 SAP 前，跨部门审批通过面对面沟通，虽然多跑路，但还能解决问题。上了 SAP 之后，跨部门审批通过 SAP 系统过单，部门不理解就拒单不接收，事情还办不了。

5. 销售计划未能实现通过大数据分析推高预估的准确率，产销协同未实现及时与可视预期。

6. 点开一个文件包时常耗费很长时间，作为管理者，感觉不如翻阅纸质文件简单、快捷、省时。

7. 非常多的人员因 SAP 而工作，导入数据、维护系统，后勤人员不降反升。

以上问题，第 1 项没有实现智能决策支持。第 2～7 项推高了管理成本。这些都没有实现 SAP 智能管理的预期。

SAP 为什么在中国水土不服

从世界范围来看，SAP 是一款非常成熟且与时俱进的企业信息化、智能化管理系统解决方案，得到包括世界 500 强企业在内的大企业的普遍认可，但在中国本土企业为什么会产生水土不服的现象？作者根据自己在中外企业工作的经历，以及与外资供应商（包括设备、材料、管理咨询等）互动的经历，梳理其中的一些原因（可能是片面的，如果对本土企业应用 SAP 产生一些积极的参考，甚感欣慰）。

过程管理文化。本土企业比较容易接受中国式管理，中国式管理的最大特点是人治，是经验式管理，国学是中国式管理的经典。西方企业重视人的作用，但更多关注"事"，依"事"展开管理。对"事"的管理是建立在过程三要素（输入、活动、输出）的基础上，是依法管理。西方过程管理的经典是泰勒的"科学管理原理"与朱兰的《朱兰质量手册》，"ISO9000 体系"与"卓越绩效准则"是按过程模式编写的。SAP 应用的要点是将流程及标准"E 化"，通过信息化手段实现智能管理，将人从枯燥的数据录入、存储、分析、预警、传播中解脱出来。流程化与标准化是"E 化"的前提，流程化与标准化是过程管理的初级阶段，而本土企业缺少这样的文化。

对"过程管理"原理的理解。本土企业家与管理者注重结果，而对过程是如何导致结果的则缺少关注与研究。很多处于不同层级的管理者对"过程管理"与"过程方法"相对陌生，没有深入学习与理解。ISO9000体系在本土企业导入20余年，一些企业依然是"两张皮式"管理，ISO9000体系文件化的标准仅用于应付外审，内部管理运行是另一套标准，是一套对流程定义不清、职责分配模糊的粗放式的标准。当企业的管理团队（包括最高管理者）真正理解了"过程管理"原理与"过程方法"后，"两张皮式"的管理自然就不可能存在了。如果你的企业依然存在"两张皮"现象，此时导入SAP，其应用过程必然是生搬硬套，结果必然是事与愿违。

外部顾问师无法帮助企业解决管理流程的问题。企业导入SAP时，顾问师团队会给企业的管理团队一些训练，以及辅导流程与流程管理方面的知识，梳理业务流程与管理流程。在梳理过程中会发现：梳理业务流程比较容易，不会出现争论，容易达成一致。但是，对管理流程的梳理很难达成一致，因为它涉及职责与权限的再分配。这时候需要老板与高层管理者介入，对管理流程及职责分配进行一个"从上到下，从下到上"的反复讨论与整合，使管理流程与职责分配有效服务与支撑业务流程。但实际情况是，老板与高层管理者往往将这一极为重要且无可替代的工作交给了SAP课题组。课题组通常不具备这样的全局观，也不了解老板的管理意图，其结果是基于现状的生搬硬套，只好模糊上线，完成任务了事。而且外部顾问师也缺少大师级的管理架构师、策划师。没有老板和高层介入顶层设计、系统设计，其结果在导入阶段就已经注定。

过程定义不清。过程应从战略到主营业务，再从每一个业务模块端到端流程。这些流程应按过程三要素（输入、活动、输出）进行层层展开与细节量化。同一岗位上不同的人员，与不同岗位上的人员，对同一标准按自己的理解或按对自己有利的角度来理解，部门墙就这样产生了。SAP上线后，面对面的沟通减少了，部门墙被再次强化。SAP上线的目的之一是通过数据与信息及时化、可视化、打通信息孤岛与部门墙。没有流程与标准的细节展开与量化，形成唯一性解读，其结果必然与初衷背道而驰。这是不利情形之一。流程展开与量化不充分，造成数据与信息无法准确定义与层别，其后果是从SAP导出的数据不能说明问题，SAP分析报表与实际情况不相符，会误导决策。这是不利情形之二。

对本土企业导入 SAP 的建议

1. 相信 SAP 的价值，消除疑虑。

2. 对顾问师团队的要求：一定要是熟悉全局管理的架构师。

3. 老板与高层的介入。老板或最高管理者担任项目推动小组组长，全程介入。

4. 项目组成员的构成，一方面需要全员参与，现行管理团队都不能缺席；另一方面需要脱产专班，专班成员既要有顶层设计能力，又要有各管理专业模块落地能力。

5. 在导入 SAP 之前，先导入 ISO9000 体系与卓越绩效管理体系，当企业顺利地清除了"两张皮式"的管理之后，再导入 SAP。通常需要 3～5 年的时间进行前期导入。

6. 导入过程不要急于求成。导入 SAP 的过程是流程与标准全面升级的过程，是团队成长的过程，需要足够的时间。急促上线，效果当然不好。

给管理者的忠告

智能管理需要花一些钱购买软件与服务，这是必要的。但是，很多管理者重视购买方的评审和购买价格商务谈判，却不重视企业自身的管理升级。这种升级是通过流程和标准的文件化升级实现团队管理智慧与能力的同步升级。为此，管理是买不来的，SAP 仅是搭建信息化平台的工具，是走向智能管理的工具，但不是经营管理本身。

企业管理的发展与提升必须遵循循序渐进的过程：从无序到有序（标准化），从标准化到精益化，从精益化到智能化，必须一步一步往前走。没有前面的沉淀与积累，直接进入智能化阶段，是很难实现预期的。

当下，企业的技术环境与经济环境变化很快，最高决策者应适时推进组织变革、重组流程与优化标准。SAP 承载的内容应适时升级。

第二十六章

过程方法与流程效率

本章要点：互联技术可以帮助我们进行流程再造。过程方法是流程设计、管理与再造的工具。价值流图析是流程效率检讨与分析的工具。在对业务流程与管理流程两个独立的纬度分析的基础上，再将两个流程合并分析与检讨，十分有效。

文 / 李新久

互联网技术的应用与发展让我们有机会实现：产品实现业务流程由自控向自组织方向转变，由产线自动控制转向系统智能；产品销售业务流程由多级向单级转变，由长流程转向扁流程；管理流程由多层向少层转变，由直线链转向关联链。这些转变的目标只有一个，那就是提升流程效率。如何实现这些转变呢？下面的讨论是建立在过程方法的基础之上的。

流程与流程效率

流程是将投入转化为产品（产出）的相互依赖、相互关联、相互作用的若干步骤。流程的内涵通常与语境相关，如"产品研发流程"是由研发若干试验步骤与管理步骤组成的复合流程，我们通常用流程表来描述，纵向表示实验步骤与方法，横向表示不同职能的管理活动与责任。如"产品实现流程"是由材料转化产品的若干步骤组成，系单纯的业务流程；"差旅报销流程"是由相关职能人员的审核人、审核步骤组成，系单纯的管理流程。业务流程水平流动，管理流程纵向流动，如图26-1、图26-2所示。

我们研究流程效率，其内涵也与语境相关，通常泛指复合流程效率。下面的讨论如不做特别说明，流程效率就是由业务流程与管理流程构成的复合流程效率。因此，流程效率可以从业务流程效率与管理流程效率两个纬度来分析。

流程效率由投入转化为产品的物料消耗与周期时间两个方面来评价。我们评价业务流程效率时往往重视物料消耗分析，忽视周期时间分析；我们分析管理流程效率时，往往抱怨其他部门或上级审批时间太长，没有对物力与人力资源消耗进行量化分析，也没有进行周期时间分析。

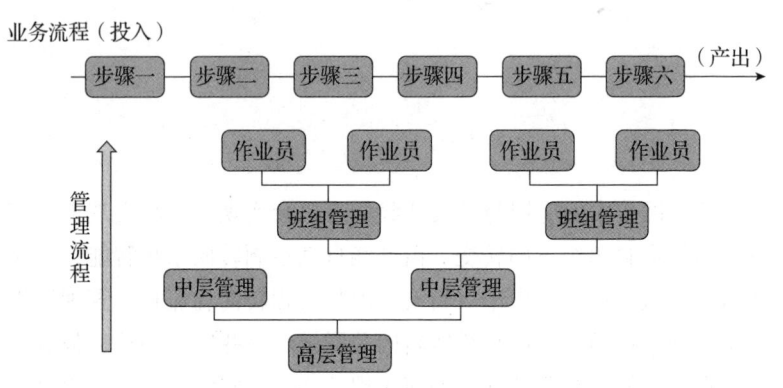

图 26-1　业务流程与管理流程关联关系

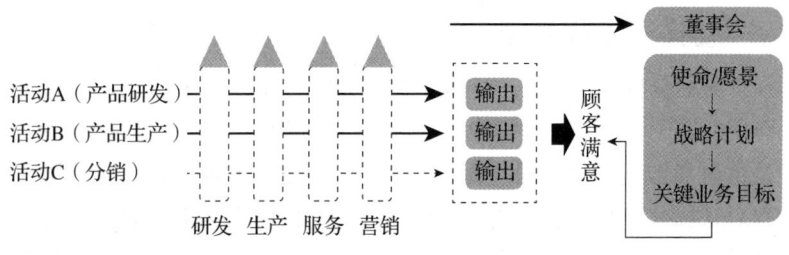

图 26-2　组织职能与业务流程关联关系

为了深入思考和分析流程效率，我们需用过程方法理解过程管理模型。

过程管理模型

过程管理模型如前文图 16-1 所示，包括企业使命与愿景驱动战略、战略驱动业务目标（如①所示），业务目标驱动业务流程（如②所示），在业务过程的基础上建立管理流程（如③所示）与监视测量分析流程（如④所示），监视测量分析驱动精益管理与持续改善（如

⑤所示）。以上，构成了过程管理的 PDCA，其中①②对应 P，③对应 D，④对应 C，⑤对应 A。

流程再造

为了提高流程效率，我们需要用流程图进行价值流图析，找出隐藏在流程中的各种无效步骤与资源浪费，通过业务流程升级与优化，通过管理流程重组与变革，从源头上解决过程效率低下问题。

1. 业务流程的升级与优化。

业务流程如果不具备领先优势，往往使我们输在跑道上。随着技术的进步，可供选择的设备（含资讯设备）、工艺、材料等不断变化，如果不对几年前建立的业务流程进行升级改造，我们就会在竞争中处于劣势；如果停止对顾客需求不断提高的应对，我们也就不会对业务流程进行重组与再造，同样会在竞争中陷入劣势；在现有技术环境下，如果不去对现有业务流程、对细节进行永无止境的改善，我们的过程效率也会处于劣势。我在企业推动精益管理改善得到的体会是，细小的微改善与微创新量的积累，也会推动业务流程的转型升级。如图 26-3 所示，业务流程的升级与优化目标是提高投入产出效率与缩短总周期时间。

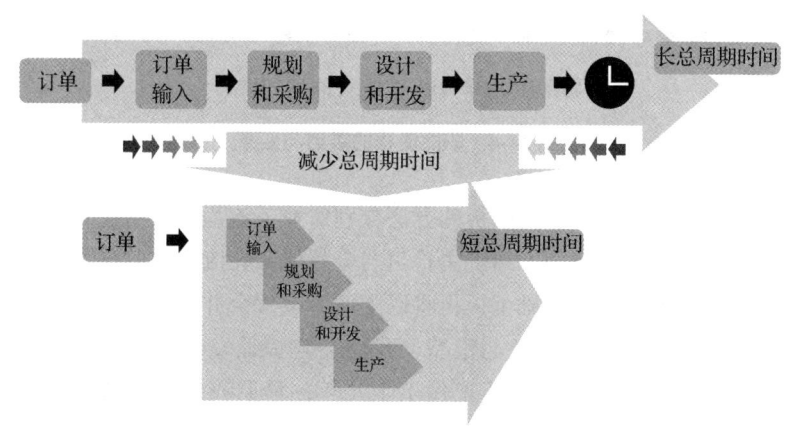

图 26-3　业务流程升级与优化

2. 管理流程的重组与变革。

管理流程是为实现业务流程而建立的，业务与业务流程不是一成不变的，几年前建立的管理流程如果不适时调整，就会成为业务流程的累赘，而不是促进力量。局部的调整往往考量的是单个业务流程，单个管理流程的调整量的积累会逐步扩大对整体流程设计初衷的偏离。为此，相隔几年对整个组织应用的管理流程进行全面的重组与变革，恢复管理流程效率是必要的。这种时间间隔由过去3～5年的周期缩短到当前1～3年。如图26-4所示，我们应将业务内独立的职能，理解为相互关联的各个流程。如图26-5所示，管理流程的重组与变革，就是要将简单的上下级直线链转变为以顾客需求满足为中心的关联链。

将我们的业务看成是相互关联的各个流程

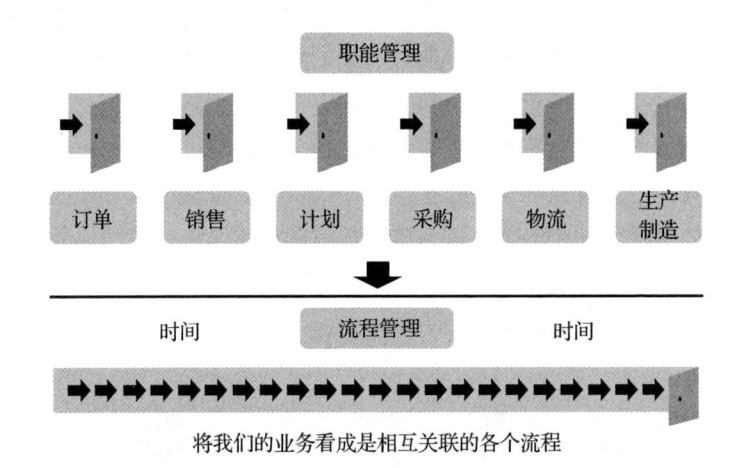

图 26-4　职能流程的重组与变革

如果我们用价值链图析的方法分别对业务流程升级与优化、管理流程重组与变革两个纬度去检讨与分析隐藏在流程中的各种无效活动与浪费，在此基础上，再将以上两个流程合并成流程表，再去寻找隐藏在其中的无效与浪费，我们会吃惊地发现价值流图析的价值。我在生活用纸企业工作了十几年，早期我们的生产流程如图26-6所示，通过价值流图析，复卷→检验→入库，然后再从搬运到加工，这些工序是不产生价值的，反而增加了多余加工的浪费、搬运的浪费、库存的浪费，同时也增加了更多的管理接口，如生产与品管、品管与供应链、生产与供应链。通过价值流图析，改善工厂布局与流程优化，通过传感、智能机器人与互联网技术实现了"抄纸到后加工，再到产品入库"智能物流，消除了无效活动与浪费，使作业变得更加简单，同时缩短了生产周期，如图26-7所示。

图 26-5　以顾客为中心的组织架构

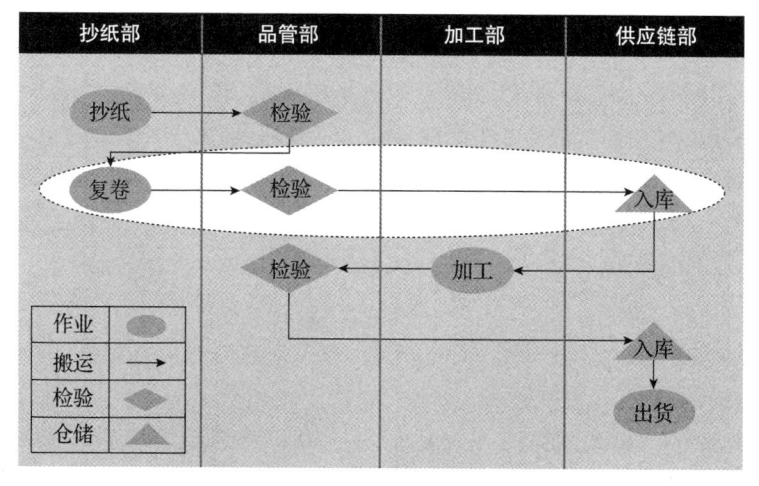

图 26-6　早期生活用纸流程图

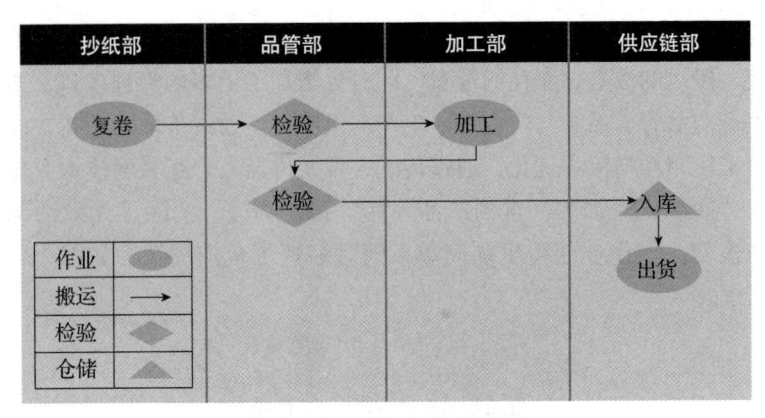

图 26-7　后期生活用纸流程图

小结：互联技术作为技术手段可以帮助我们进行流程再造。过程方法是流程设计、管理与再造的工具。价值流图析是过程效率检讨与分析的工具。在对业务流程与管理流程两方面分析的基础上，再将两个流程合并分析与检讨，十分有效。管理者应经常用价值流图析的方法反复检讨无效活动与浪费。

第二十七章

审批是如何折腾企业的

本章要点：高层领导整天被琐碎事项拖住，缺少时间去思考战略性大事，发展方向容易出错，发展机会容易丢失。竞争一加剧，企业就陷入亏损的泥潭中，找不到发展方向。不少企业就是这样被"折腾"死的。

文 / 李新久

折腾

企业在运营管理过程中存在大量的审批签字：领用材料与物品需要审批，一般有 2～5 个层级，多则可能超过 10 个层级。如××单位，领用办公电脑要签核到 CEO，一共 13 个人签字，采购计划需要审批，差旅费用需要审批，销售促销费用需要审批……

在审批过程中，高层耗时过多，很累；基层等待时间过长，很急。效率很低且损失大。实际上高层对基层的大多数单子是无法弄明白的。这样一来，一方面，过长的审批流程有意或无意地削弱了责任感；另一方面，对审批的等待使基层的行动被束缚，无形之中产生挫败感与不被信任感。不恰当的审批流程导致的结果是效率低了，浪费多了，责任感低了，主动性消失了。同时，高层领导整天被琐碎事项拖住，缺少时间去思考战略性大事，发展方向容易出错，发展机会容易丢失。竞争一加剧，企业就陷入亏损的泥潭中，找不到发展方向。不少企业就是这样被"折腾"死的。

重构

为优化管理流程，合理授权与分配职责权限，分享以下四项流程重构心得。

第一，管理流程的设计应兼顾效率与风险平衡原则。风险小或可以事后审计与费用对标分析的项目尽可能授权，将审批减少至 2～3 个层级就可以了。如维修费用，可以减少领用与采购审批，费用事后对标与审计分析即可。

第二，尽可能去中心化，减少管理层级；尽可能多设置责任单元，便于落实责任主体。当主体责任明确、核算清晰时，效率与责任感都会提高。

第三，运营流程与稽查流程同步设计，一方面，尽可能充分授权；另一方面，堂堂正正审计。违纪必究，成本高、效率低必查。成本高与效率低的地方往往在管理乱象的后面暗藏腐败。腐败包括经济腐败与人事腐败。经济腐败不言自明，人事腐败是指用人唯亲。组织应形成一种认知并倡导一种文化，审计是管理流程的一部分，接受审计不是不信任，反而可以增加信任。

第四，管理流程需要不断被补充和优化，需要每隔 2～3 年进行一次重组与变革。由于平时流程与 SOP 的补充与优化是响应局部需求，但随着时间的推移，内外环境的变化，总流程会被这些补丁弄得越来越具备不适应性。同时，时间久了，岗位思维定式化了，惰性就来了，岗位的相关利益阶层不知不觉地形成了。这些都会削弱总流程的效率。因此，需要进行流程重组与组织再造。情形复杂时，需要开展组织变革。"革"是指革命，是革"权利与利益"的命，不以革命的方式是不能完成组织流程与职责优化的。由于不是局部的优化，是整体的全局性的变化，因此称之为变革。

总之，流程的设计与变革体现了一个企业高层的管理实力。好的流程设计与变革能帮助企业基业常青；不好的流程设计就会制造出不恰当的审批。

第二十八章

管理者的系统思考

本章要点： 系统由一个个将输入转化为输出的相互关联的过程构成，理解过程、过程方法与过程模型是解构系统的基础，是系统思考支点。管理者需要通过过程来理解系统，用系统原理反过来指导过程管理和变革管理。

文 / 大海《企业文化》记者

学会系统思考是管理成功的关键

APP（中国）生活用纸的首席运营官、"清风"纸的业务掌门人——李新久先生，是一个大忙人，作为一名高级职业经理人，他日常要处理许多公司内部的管理事务，同时，他还致力于对管理理论的探索。最近，他一部力作《系统管理的力量：做一个卓有成效的管理者》面世了，这部体现了他管理功力的书占用了他很多的时间。2016年年初，记者有幸约见了这位著名品牌——"清风"纸的业务掌门人，在位于北京五道口的1898咖啡厅里记者与李新久就管理的系统论展开了交流。

"企业的中高级经理人需要提升系统思考和系统管理的能力，这种能力是保障企业战略落地和应对变革所必备的。"李新久开门见山地给系统管理能力这样的定位。在这本书面世后不久，记者就听说管理理论界内部有人这样评价这本书：它可能会像《三体》一样，在最初的那段时间里不为人所知，经过岁月的洗礼，会形成巨大效应。

具有一定管理经验的人，在品读这本书后会发现，作者从经理人的角度，系统地梳理了企业管理发展史中不同流派的管理经典理论，指出管理标准化、精益化和智能化的三个不同阶段的特点，阐明过程方法在推进系统管理中的作用，用以厘清确定性以应对不确定性，将管理问题可视化，帮助中高级职业经理人从碎片走向整体，提升企业组织的效率，以应对现实环境的不断变化。

和美国的阿尔·戈尔的《未来》一样，李新久先生通过研究大量的案例，对各种方法进行解读与重整，使书中的每句话背后都有深厚的理论支撑，可以称为是"管理中的管理"，许多观点填补了国内外管理理论的空白。

1. 系统管理之源。

提及管理学，著名管理学大师彼得·德鲁克、迈克尔·波特、戴明都是西方管理学界的代表人物，他们或为质量管理，或为战略管理的创始人。是否有一种全新的理论可能解释当下管理的难题，并全面提升管理效率？

如果从泰勒的科学管理理论算起，管理学理论的发展已有100余年。李新久在归纳、总结历史上所有的管理经典时，发现管理理论与实践是高度融合的，也就是说，管理理论是从实践中总结、提炼出来的，在复杂的实践过程中不断发展。在公司任职期间，李新久发现"能为所用"的人非常少，更多的人才需要自己去培养。他利用与世界顶级咨询公司接触的机会，与很多思想发生碰撞，不断地归纳、总结世界顶级公司的管理模型，从过程的视角对管理进行定义、解读和剖析。

2000年的时候，李新久初次接触ISO9000质量管理体系。"当时不是很清楚，就按照自我理解对公司内部进行'两张皮式'的管理。后期才发现很多公司都是如此，也才知道自己也没有完全理解其内涵。"李新久解释道。于是，他再次对ISO9000质量管理体系进行系统、深入的研究，终于理解其根本要义，ISO9000实为企业标准化管理最值得推广的、最有效的方式。这件事对李新久的启发很大，他开始重新思考管理的定义。

2010年的时候，李新久结合理论与实践终于将管理学的脉络打通。他首先思考西方管理学与中国式管理的差别。尽管西方早期的科学管理理论也曾经历从无序到有序的过程，现在正在从标准化走向智能化，普遍认为一切都和工业化有关；中国式管理更多是对人的管理，东方的管理是对人进行层级控制，把人看作管理的第一要素。并且，企业战略的实现一般都是先有目的，后有方式，也就是过程与方法。工业化活动是重复性活动，现代的活动趋于流水线化。管理是指为了实现组织目标，使工业生产保持持续而合理的状态，最终达到目标的过程。这一过程，也就是将资源转化为产品和服务的过程。李新久总结其中的流程步骤，将工业生产系统细节量化，由此，系统管理也顺势而生。他借助系统管理的思想，通过模型，将思维可视化、观念型问题模块化、关联模块系统化。

2. 确定性与不确定性。

"传统管理认为，只要依靠人的力量建立严格的层级关系，便可高枕无忧。可人会退休，也会离开这个组织。相比之下，组织则不同，可以沉淀，可以形成组织能力。依据系统管理的观点，组织能力是可流程化、可量化、可改善、可推广、可传承的。"李新久详细地讲述给记者。

"设备是可以管控的，而人在某些方面是不可管控的，所以，人也是造成过程不稳定的主要因素之一。为减少运营管理的不确定性，工业 3.0 强调内部系统化与自动化，工业 4.0 则偏重于整体系统化与智能化。另外，互联网使信息对称、人与人互联互通、物与物互联互通，企业也可以通过增加智能化和自组织减少对人的依赖。传统管理的对象是人、财、物这些基本要素，管理的环节是产供销；而系统管理则将重心转移到模块化的活动中去，管理的对象是过程，管理的环节是满足顾客需求的价值链（供应链），通过提升对价值链（供应链）的智能化，减少对人的依赖，以减少不确定性。"

李新久在书中着重阐明这样的观点：不同的人对同一方案可能有不同的理解，而公司的标准化水平越高，偏差就会越小，这将大大减少在战略实施过程中因理解偏差而引起的一系列问题。对美国的企业而言，他们追求顾客需求的深度挖掘和商业模式的拓展；德国的企业因为专注于"匠人"精神提出了工业 4.0 的概念；日本的企业更善于通过细节改善来满足顾客的需求。

对一个企业的组织能力而言，这是一种标准化和模块化的沉淀，只是标准化的程度不同而已。"比方说，同一个大学生毕业后进入两个不同的组织，在一个组织中可能一个月就能上手，而在另一个组织中可能需要至少两年才能熟悉所有的业务流程。企业组织能力的标准化还体现在人力资源管理方面，因为面试也是可以标准化的，具体过程就是提前建立各项素质的标准数据，在面试的过程中对人员进行打分，然后与标准进行比较，这种标准化运用更加注重的是人与标准的比较。"李新久举例说。

标准化与模块化的建立基于逻辑。逻辑是过程的步骤、作用和关联。具体步骤是：第一步，定义步骤和过程，明确过程顺序与关联；第二步，建立过程的控制准则；第三步，建立过程职责分配，建立管理流程；第四步，确定过程能力与绩效；第五步，实施过程；第六步，监视测量过程；第七步，持续改进过程。

第一步至第四步是过程管理的P（策划），第五步是过程管理的D（实施），第六步是过程管理的C（检查），第七步是过程管理的A（处置）。

3. 企业转型升级。

"大企业都是由小企业发展而来的，小企业是无所谓战略和文化的。起初，小型企业关注的是生存，待发展到一定规模后才需要标准化管理。企业持续发展后，当管理者开始从职能的角度去思考改善管理时，企业战略和企业文化自然被提出，使人和人的思想联系在一起，这就是企业由生存型向发展型转型升级的基本逻辑。从另一方面说，不同的企业有不同的文化，文化通过过程管理来落地。"李新久阐明了过程管理在文化管理中的应用价值。

企业在转型升级时必须考虑的一个因素就是变与不变。所有的企业变革都是因为环境在变。企业是大经济环境中的子系统，经济环境的变化倒逼企业改变，而企业也可以通过洞察变化来引领潮流。现实的主要变化集中于技术、顾客需求和企业内部管理。企业始终保持不变的则集中在两个方面：一是对变化趋势的预测，特别是客户需求的变化，主要体现在企业感知变化的能力；二是组织对效率的追求，从标准化到精益化和智能化的能力建设。

对变化进行管理，提升企业应对不确定性的能力，体现了企业的可持续竞争力。运用系统管理的方法，首先确认运营活动的确定性和不确定性，再用过程方法对确定性的活动进行有效管控，把不确定性的活动通过拆分尽可能转化确定性的活动进行管理。

4. 把控关键点。

李新久的系统管理看似有些抽象，但在实际应用上有巨大的作用。在谈到如何理解系统管理时，李新久对记者讲述了关键点把握的重要性。

第一点是思维模式。对管理者而言，思维模式的转化是理解系统管理最大的难点。因为他们已经习惯于按照以往的思维做出选择。这就要求管理者突破传统习惯，建立对过程和系统这两个重要概念的全新理解。过程一定是活动，而活动未必是过程，过程是指产品输出的活动。

第二点是过程之间的关联，这是理解系统管理的重点。企业管理各个过程之间都是有步骤、有顺序的，这些步骤、顺序环环相扣，形成连贯性，保证了企业对顾客价值服务流程。人们常说的品牌是满足顾客某种价值的一种标签，其实，品牌也是可测量、可传播、可复制的，方法便是通过过程反馈了解诉求。例如，讲述一个关于众筹的故事，通过制订标准对市场进行测量，期间注意结合消费者的反馈。西方称这一方法为模型，模型就是用过程方法构建。无论是对商业性的活动还是对非商业性的活动，流程标准都是提升确定性、减少风险的最好办法。

第三点是产品。产品是企业为顾客创造价值的，是过程的结果，是由一系列相互依赖、相互作用且具有一定顺序的相互关联过程的输出。管理者应厘清"产品、过程、系统"这三者的关联关系，深刻理解其内涵与外延。产品是战略落地的载体，是目标，是过程的结果，系统由相互关联的过程组成。只有这三者都紧扣顾客和顾客价值，持续保持竞争优势，才有可能实现基业长青。

随着智能化时代的逐渐开启与工业4.0概念的日益成熟，管理者们愈加发现传统管理逻辑难以应对当前的企业现状。面对如此困境，大型外资集团公司金光纸业（中国）投资有限公司全球生活用纸事业部的CEO李新久提出系统管理的概念，并出版《系统管理的力量：做一个卓有成效的管理者》，全面论述系统管理，以期给广大管理者指明适应时代发展的道路。他指出，中高级经理人需要提升系统思考和系统管理的能力，这种能力是企业战略落地和应对变革必备的。为了挖掘《系统管理的力量：做一个卓有成效的管理者》中的内涵，本刊通过与著作者对话的方式将分三期对其思想内核进行介绍和阐述。

认识过程管理，深化管理内涵[1]

在对系统管理概念展开探索之前，重新认识管理概念是必要的。只有在回归管理原点并深化管理内涵的基础上，才能深入理解系统管理这一新思想、新概念的本质。而作为系统管理的基本构成单元是过程，认识过程管理又是接触系统管理原理的必经之路。

《企业文化》：你是如何理解"管理"，又是如何深化管理的内涵？

李新久：传统上管理的定义是——管理是管理者所从事的工作，是管理者通过协调与监督他人有效率和有效果地实现组织目标的活动。这一定义比较抽象，落实到具体上往往让人不知所措。我在《系统管理的力量：做一个卓有成效的管理者》一书中引用了这一经典定义，但延伸了其内涵。

为了准确把握其内涵，方便读者理解，我在书中引用了ISO9000族标准关于"过程"的定义，应用资源和管理将输入转化为输出的活动（或一组活动）被称之为过程。过程由"输入、活动、输出"三要素构成，任何过程都是被目标驱动的，过程的目标就是过程的预期输出。

---

[1] 此篇文章曾刊载在《企业文化》杂志上，为"李新久谈系统管理系列之一"。

再回头看管理的传统定义：管理是管理者所从事的工作，是管理者通过协调与监督他人有效率和有效果地实现组织目标的活动。换言之，管理者所从事的工作，即所进行的协调与监督他人实现组织目标的活动，就是过程。所以，管理的对象就是过程，为实现组织目标将资源作为输入转化为输出（实现预期目标）的活动就是过程。

从中文字面来理解，管理 = 管 + 理 = 管（控）+（合）理 = 控制过程保持合理的状态。

为此，我在书中将管理重新定义为：管理就是为实现组织目标控制过程保持合理的状态。

组织总目标与每一个具体过程中的子目标是比较容易确定的，实现每一个目标的过程也可以被确定，过程的合理状态也应该被定义和策划。那么，如何控制过程保持合理状态呢？不同组织应用的过程不尽相同，尽管做相同的产品，其业务过程相同，其管理过程也不会完全相同，这样一来，其过程控制的办法也不尽相同。

但是，对过程进行管理是有规律可循的，为此，我在书中继承和发展了戴明博士关于过程管理的PDCA环，并创造性地提炼出过程管理三阶段论：

第一阶段为标准化阶段，由无序到有序；

第二阶段为精益化阶段，持续改进过程与过程管理；

第三阶段为智能化阶段，利用信息化技术将第一、第二阶段成果固化，打通复杂组织信息孤岛，发挥大数据价值，并用互联网技术实现全价值链、供应链互联互通。这与当今德国工业4.0思想一脉相承。

三段论为组织管理转型升级指明了循序渐进的实施步骤。

总之，用过程作为视角来定义管理，是管理活动通过三要素进行了细节量化与标准化，通过PDCA环对每一项活动找到展开的方法，通过三段论指明管理转型升级实施的步骤。这样让管理通过流程图实现可视、可展开、可讨论、可定义、可改善、可复制、可培训与推广、可沉淀与可传承。

《企业文化》：你是如何定义过程管理并成功搭建过程管理模型的？

李新久：朱兰博士在其《朱兰质量手册》中定义了过程与过程管理，我在书中通过引用其对过程与过程管理的定义，并在过程方法的指导下，将组织应用的过程从"业务过程"和"管理过程"两个纬度进行区分与定义，极大地方便读者理解过程与过程管理。如图16-1所示，①、②展现业务过程，③、④、⑤展现管理过程。

组织的战略与目标驱动组织应用的业务过程，常规产品实现的业务过程通常在购买设备（产线）时就被定义了，具有创造创新型新产品在研发过程中被定义了。业务过程驱动管理过程，管理过程通过"组织架构、人员编制表、部门及职位说明书"来定义，管理过程对业务过程中的职责进行定义和分配。如图26-1所示，业务过程在组织内水平（横向）流动，管理过程在组织内纵向（竖向）流动。

过程管理模型是基于战略与主营业务过程确定后如何对过程进行管理而搭建的，本书第二十六章已有介绍，在此不再赘述。

同时，过程管理模型还补充与完善了管理职能方面的传统定义。传统上，管理的职能是"计划、组织、领导与控制"四项，我在书中详细阐述了职能管理的新发展，指出"变革与改善"是管理的第五项职能。过程管理模型图中①体现了计划职能，③体现了组织职能，②、③、④共同体现了控制职能，④和⑤体现了变革和改善职能。领导职能贯穿于以上"计划、组织、控制和变革"四项职能之中。

通过对过程管理模型的理解与应用，可使广大管理者深刻理解PDCA的丰富内涵与要领，建立与PDCA相一致的完整的职能闭环管理概念，管理工作时思路清晰，不易漏项，操作性强。

限于篇幅，恕未能对模型进行详细解读，感兴趣的读者可参阅《系统管理的力量：做一个卓有成效的管理者》中的第二章。

《企业文化》：职业经理人在现实企业管理过程中，如何使用过程方法厘清确定性和不确定性，以达到提到管理效率的目标？

李新久：过程方法的要领是通过过程三要素（输入、活动、输出）进行细节量化和标准化、精益化和智能化管理，提高过程效率。

组织应用的大多数过程是相对稳定的，其活动是重复的。聪明的经理人善于用过程方法将重复的活动实现稳定的一致性的结果。与之相反的是，相当一部分初级管理者，习惯用经验主义和人治方法进行管理，千人千法，重复的活动结果难以一致和稳定，经理人面临的挑战之一是将重复的活动千万次做对！

组织内还存在着大量的不确定性过程。我们将"目标确定（即过程预期输出确定）、活动（程序、步骤、方法）确定，输入资源的数量、规格与要求确定"的过程定义为确定性过程，将"目标不确定（可能实现的结局模糊、多变、不可控）、活动（程序、步骤、方法）不确定，输入资源的数量、规格与要求也无法确定"，或以上三要素局部存在不确定性的过程定义为不确定性过程。这样说来，组织的各种活动可按确定性和不确定性进行分类管理。过程方法和过程管理模型告诉了我们对确定性活动可操作性的管理办法。

但是，不确定性活动怎么管理？这是经理人面临的又一重大挑战。

我在书中以"设备零故障"和"销售过程管理"为例，通过对过程中的活动进行拆解、细分，你会发现，其子过程、子活动大部分具有确定性，剩余一小部分仍然具有不确定性，我们将具有确定性的子过程和子活动用过程方法和过程管理模型搞定，剩余少量不确定性活动我们一方面可以通过委派应变能力强的高手负责，另一方面，也可以通过建立模型进行管理，降低其不确定性。

这样来说，经理人的新使命是：

第一，将重复的活动千万次做对；

第二，将不确定性的活动尽可能转化为确定性的活动进行管理；

第三，培养自身和团队管理不确定性活动的能力。

李新久：第一个主题相关问题讨论先到这里。为了方便读者理解《系统管理的力量：做一个卓有成效的管理者》的第一个模块，我在这里对其中具有创新与发展之处进行简要总结。

书的第一章至第三章是从管理的传统定义出发，以过程为视角发展了管理定义，丰富了管理的内涵，使人们对管理的理解变得可触摸、可学习、可操作。

这三个章节也是以经理人为视角讨论管理，使经理人对管理有个整体的理解，克服了传统教科书按管理职能讲述管理带来的碎片化知识不足的问题。通过以过程为视角重新审视职能管理，不仅发展了职能管理的概念，还厘清了PDCA过程管理与职能管理，厘清了经典管理流派的关联与逻辑。

本模块强调经理人要颠覆"以人为管理主体"的传统，建立"以过程为管理主体"的新思维。本书没有否定人本管理，但强调以事（过程）为管理对象的重大差别：以人为主体的典型是中国式管理，国学更多的是研究人的管理，这种管理难以继承、难学习、难复制，它使管理变成一种领导艺术；以事（过程）为主体是典型的西方式管理，《朱兰质量手册》是典型著作，让管理变得可视、可展开、可讨论、可定义、可复制、可改善、可培训与推广、可沉淀和传承，它使管理变成了一门科学。

剖析传统管理学流派及其价值[①]

在对系统管理的概念展开讨论时，很有必要对经典管理学流派进行分析和梳理，并发现其内在的关联和逻辑。

《企业文化》：请问传统经典管理流派之间有何关联和逻辑？

李新久：在回答问题之前，我们需要思考一下，管理学诞生100多年以来，有哪些经典流派，这些经典产生的时代背景，这些理论是基于什么样的挑战与思考而形成的，在当下这些理论还有哪些指

---

① 此篇文章曾刊载在《企业文化》杂志上，为"李新久谈系统管理系列之二"。

导意义,当下管理现实又面临哪些挑战,解决这些挑战的成功实践案例有哪些……正是基于这些探索,我在《系统管理的力量:做一个卓有成效的管理者》中的"引子"部分向读者展示了"管理发展时间轴"(如图21-1所示),这张图的"框"内黑体字展示内容为经典管理流派,其中"职能管理""战略管理"等又包含了多种不同的子流派。读者在阅读经典管理理论时,结合这张图来理解,更容易对经典管理理论有一个整体的把握。

深入地研究管理经典与管理发展史,你会发现管理理论多数是对管理的挑战与管理实践的提炼。实践在先,理论在后。

管理挑战在人类社会经济生活的不同发展阶段是不相同的,这些挑战驱动管理学的发展。冥冥之中,这些产生不同时间的管理经典又存在着内在的联系,这种内在的联系是管理挑战变化的内在规律。

驱动管理学发展的三大要素:

一是科学技术。第一次工业革命以机器代替手工劳动和第二次工业革命人类进入"电气时代",促进了专业分工与规模发展,导致了《科学管理原理》的诞生和"职能管理"的形成与发展。第三次工业革命使工业过程实现自动控制,生产效率进一步提升,导致产品由稀缺时代进入过剩时代,质量成为竞争的重要方面。过剩供给导致了质量管理和过程管理的形成和发展。稀缺时代生产什么就能卖什么,过剩时代没有竞争力的产品是卖不出去的,会导致企业倒闭,企业发展的方向和选择成为突出矛盾,这导致"战略管理"的诞生与发展。当下,以智能化与工业4.0为标志的第四次工业革命,更是加大了企业发展的不确定性,战略管理面临新的挑战。同时,竞争促进了效率改善,"精益管理"被提炼出来。为了提高组织效率,人的因素自20世纪20年代以来,越来越被重视,从"人本管理"的诞生与发展,企业文化的价值被重视,到当下"雇佣关系"逐步被"合伙合作关系"取代,人本管理成为管理经典中不断发展的一个重要分支。

二是社会分工。社会分工促进了企业规模发展,随着组织规模的不断扩大，由于管理跨度的限制，使管理层级越来越多。如何持续保持组织的活力与创新力成为重要挑战。"智能管理"成为热门课题。同时，业务与组织的复杂化使大中型组织面临"整体缺失"的挑战。技术的迅猛发展导致组织未来的不确定性加剧，使小型组织也面临大型组织相同的问题——如何把握整体？如何应对不确定性？《第五项修炼》和《系统管理的力量：做一个卓有成效的管理者》就是在此背景下诞生的。

三是顾客力量的成长。过剩供给使顾客有选择空间，市场的力量由供给侧转移到需求侧，质量与服务越来越被重视。随着社会经济的发展，人们的需求逐步向马斯洛的中高层次转移，顾客的感受越来越被重视。产品质量标准由厂家定义转移到由顾客定义，产品标准以量化单维指标扩展到使用感受和社会责任等多维指标。这不仅促进了质量管理的发展，还促进了战略管理和系统管理的发展。在这里，我们结合图 21-1 和 28-1 说明一下。图 21-1 以时间为序，让我们认识管理经典流派在经营管理活动中的内在关联和逻辑。如图 28-1 所示，以过程管理为主线展开管理活动：职能管理仅是通过落实过程职能的专项管理，是过程管理的一个方面（或一个部分），人力资源是过程输入要素之一，人力资源管理应服从和服务于整个过程，它是过程管理中最重要的资源管理，人本管理服从并构成过程管理的重要方面；目标与绩效管理和企业文化管理是对人的管理的延伸与发展；精益管理是对过程的持续改善；战略管理是组织发展的方向（服务顾客什么地方的哪方面需求）的选择；变革管理是组织适应战略改变和业务发展的组织变革，目标是保持组织的效率、活力和创造力；智能管理是过程管理的高级阶段；系统管理是组织应用过程的关联与逻辑、梳理与统筹，由相互关联的过程构成复杂的组织系统；对过程的管理是对系统进行管理的基础。

这样一来，管理就形成了两个发展方向，一是智能化，二是去控制化。智能化是减少对人的依赖，去控制化强调的是激发人的内在动力、热忱和创造力。

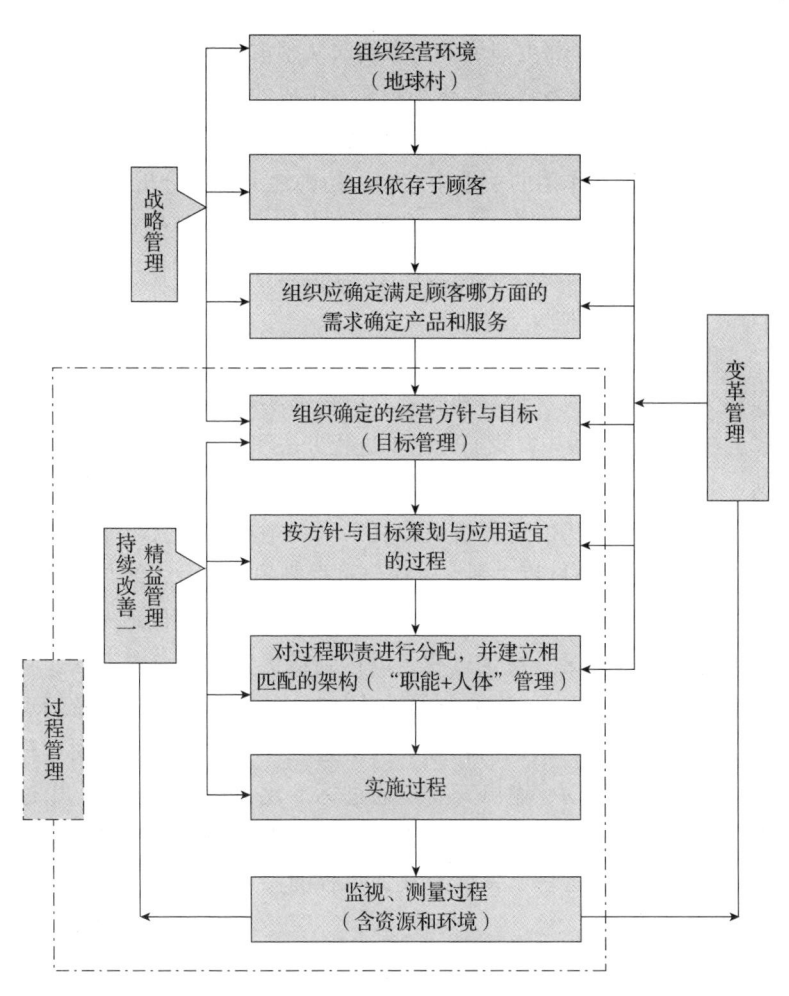

图 28-1　企业经营管理系统逻辑

破解系统管理的密码[1]

《企业文化》：请您对"系统管理"进行简要的说明。

李新久：“系统管理”在《系统管理的力量：做一个卓有成效的管理者》一书中指的是系统的管理方法，就是用系统的方法实施管理。

---

① 此篇文章曾刊载在《企业文化》杂志上，为"李新久谈系统管理系列之三"。

系统方法就是将要研究的对象暂时从宇宙万物中相对地孤立出来，并把这个对象看成是由更小的元素组成的有机整体，即一个系统。一方面，从整体与元素之间，以及元素与元素之间的相互联系、相互制约、相互作用的关系中综合、精确地考察和分析这个对象；另一方面，又不能忽视这个相对孤立出来的对象和其他事物，即外部环境之间的相互影响和相互作用，并把这种影响和作用作为系统的输入和输出来处理。

我们研究管理的系统方法，就是将组织应用的相互关联的过程作为系统来识别、理解和管理，以提高实现目标的有效性和效率。在前面的访谈中，我们介绍了过程方法和过程管理模型，基于这一基础，管理的系统方法就是从系统的观点出发，将要管理的对象——过程，从由过程组成的复杂系统中相对孤立出来，从系统（组织整体）与过程之间、过程与过程之间，以及系统与外部环境之间的相互联系、相互制约、相互作用中，综合精确地考察与分析被孤立出来的某一特定过程，以达到最优管理的科学方法。具体来说，组织管理是一个复杂的活动，对这一复杂活动的系统管理方法是将构成复杂组织的相互关联的过程——独立出来，用过程方法对输入、活动、输出三要素通过标准化进行细节量化，用过程管理模型和三阶段论进行管理，将独立出来的过程视作一个独立的子系统，将这一子系统与其他过程的关系视同系统与环境的关系。

《企业文化》：您在以上阐述中，出现了"活动、过程与系统""过程方法和系统管理"等术语，请您介绍一下"活动、过程与系统"之间的关联与逻辑关系，"过程方法和系统管理"之间的关联与逻辑关系。

李新久：在理解您提出的这两个问题之后，再去理解前面的第一个问题就会容易一些。系统是一个比较抽象的概念，ISO9000将其定义为"系统是相互关联和相互作用的一组要素"。这里要素与元素是同义词。企业组织是一个系统，企业应用的过程构成企业组织系统的元素，过程是由将输入转化为输出的一项或一组活动，活动由若干步骤构成。企业某一业务过程的输出是产品和服务。这些术语之间的关系可以概括如图 28-2 所示。

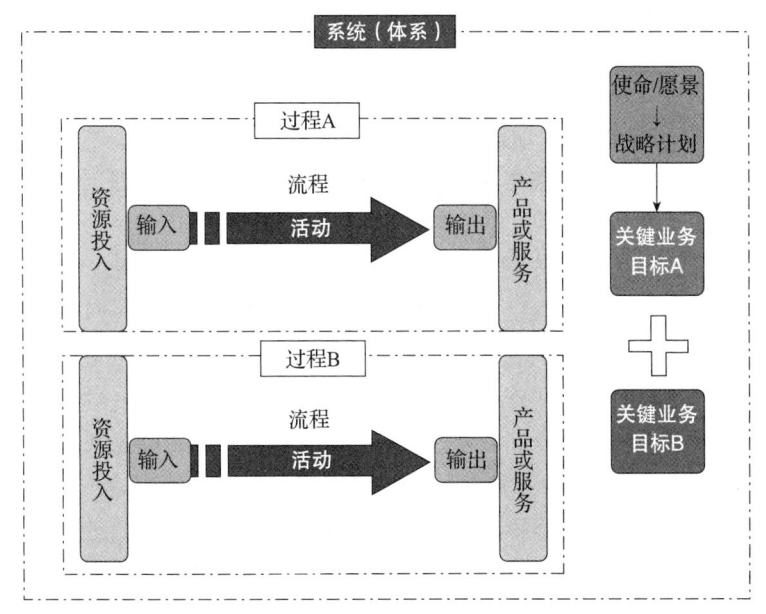

图 28-2 术语之间的逻辑关系

综上所述，构成系统的元素是活动、过程，一个过程也就是一个系统，对过程三要素（输入、活动、输出）进行有效管理的方法就是过程方法，过程方法成为对系统进行展开、讨论、分析、研究和管理的工具。组织基于外部环境与内部条件所确认的战略及实现战略的过程就是一个系统，过程方法是战略展开的工具，也是推进系统管理的工具，在某种意义上，系统方法和过程方法是两个十分亲和的概念，随着内涵与外延的变化，系统与过程是可以相互转换的。对过程进行展开、讨论、分析、研究和管理，系统原理就是方法论，过程方法是工具。系统原理是对过程管理的方法论，过程方法是对系统管理的工具。

《企业文化》：PDCA 循环在系统的管理方法中有何运用？

李新久：系统的管理方法是通过过程方法对复杂系统进行展开

分析、讨论、研究和管理的。PDCA循环是把过程方法应用到某一具体活动管理的经典，它与《系统管理的力量：做一个卓有成效的管理者》中的第二章的第二节介绍的过程管理模型一样具有普遍的适用性。过程管理模型应适用于复杂的过程管理，它是对复杂多样的活动进行管理的高度概括与抽象，PDCA循环更适用于对具体的某一活动的课题式或项目式管理，本质上讲二者是一致的。

《企业文化》：很多职业经理人以前很少接触系统管理，他们在落实系统管理过程中，有哪些要点要把控？

李新久：系统管理在管理活动中时常被提及，但是在相当多的管理者的脑海中是一个模糊的、抽象的概念，没有一个框架，根据本人的学习和管理的实践体会，读者不妨从以下几个方面做起。

第一，颠覆一种思考模式，从以人为管理主体转换到以过程为主体。思维角度的改变是建立系统管理的基础。

第二，深刻领会"系统、体系、过程、流程、活动、产品"这几个概念，详见《系统管理的力量：做一个卓有成效的管理者》第三章第二节。特别是一些语境下过程包含流程，但是一些语境下二者可以相互替换，是同一概念。

第三，深刻理解系统的"整体性、关联系、有序性、层次性和动态性"。在此基础上注意"系统"在某些语境下是名词，在某些语境下是形容词。在"系统管理的力量"语境下"系统"是形容词，在"控制系统"语境下"系统"是名词。

第四，将"系统与环境"和"过程与系统"，将"系统与子系统"和"大过程与子过程"在脑海里形成清晰的概念，在充分理解其内涵与外延的基础上，建立思考框架。其一是过程模型，用流程图建立过程思考模型"输入—活动—输出"。人仅是过程输入的资源之一，当然是构成核心竞争力的资源。其二是系统模型，过程及流程是如何构成系统的，小过程外联的相关过程是如何构成复杂的大过程的，大过程向内如何一步步地拆解为一层层的子过程的，过程与系统之间如何形成局部与整体的关系。提及产品，就要联想到过程和体系，提及体系，就要联想到过程和产品，在脑海中建立"产品—过程—体系"的思考框架。

当在脑海中形成以上概念与框架后，用过程模型与 PDCA 开展管理，时间久了，我们就会形成一种结构性思考的能力，一种由点到面和由面到点的思维能力，就会体会到其中的奥妙与乐趣。

附 录

格艾（苏州）管理咨询有限公司简介

格艾（苏州）管理咨询有限公司是由企业资深高管李新久先生联合长期在世界 500 强和中国 500 强企业任职的多位高层管理人士所创立的。公司致力于从系统的视角研究企业在发展过程中的各种瓶颈，帮助追求卓越的企业提高流程与系统管理的能力，实现运营管理的转型升级。

从人治走向法治：从经验式管理或碎片化的流程走向系统化与流程化管理，深刻的管理变革帮助企业管理转型。

从系统化走向智能化：从流程化走向信息化与智能化，流程与大数据融合，帮助企业运营迈向智能时代。

企业的使命

致力于帮助企业提升管理和盈利水平，实现基业长青。

企业的信仰

爱管理，人才兴。

企业竞争，归根到底是人和管理的竞争。

送人玫瑰，手留余香。

价值观

系统、创新、赋能、共享。

系统：格艾（苏州）管理咨询有限公司擅长从系统的角度研究个案问题，对个案问题提供系统的解决方案；擅长整合流程与大数据，帮助企业构建智能、高效的管理系统。

创新：强调情景式理解管理经典，更重视立足当下环境，开展管理创新、商业模式创新，既重视管理经典的传承，又关注管理创新。

赋能：教练式咨询辅导是格艾（苏州）管理咨询有限公司的主要工作方式，这种方式既为企业提供诊断式咨询服务，更重视帮助企业提升流程能力、大数据能力、精益改善的能力、教练型领导力，有效赋能。

共享：致力于建立相互启发、共同成长的学习交流平台，为企业家与经理人服务；建立"基本费用+降本增效分红"收费机制，恪守"共谋发展、共享红利"的原则。

业务模块

1. 企业家顾问：作为企业家的外脑，用第三只眼帮助企业家洞察运营管理中存在的问题与规避发展风险，提供贴身服务，随呼随应，做好企业家观察问题的眼睛，攀登高峰的拐杖。

2. 高管教练：帮助经理人走向成功，提供一对一服务，为经理人指点迷思，破解困局。

3. 教练营：封闭式5天训练，建立学习、分享价值理念，系统掌握"教练—赋能"的领导艺术。

4. 项目包：

（1）标准化项目包。为期1～2年的手把手辅导，导入过程方法，帮助企业建立与优化标准化管理体系，提升管理团队的标准化能力，熟练掌握流程建模、管理、测评与改善的能力，让标准化能力成为企业管理的核心竞争力之一。格艾（苏州）管理咨询有限公司可以提供的标准化包有 ISO9001 质量管理体系、ISO45001 职业健康与安全管理体系、ISO14001 环境管理体系、GB19580 卓越绩效管理体系，以及这些体系的整合与活化使用。

（2）精益化项目包。为期 2～3 年的现场辅导，帮助企业建立改善体系，建立改善机制与文化，实现持续的降本增效。公司可以提供经典项目包有精益六西格玛、问题的识别与解决、TPM、价值流图析与流程改善、安全零事故管控模型等。

（3）设备零故障运行管理项目包。为期 2～3 年，帮助团队重建心智模式，挑战极限，建立中西融合式 ZTPM 设备运行管理体系，实现设备 OEE 的全面改善，深度挖掘第九大浪费（设备缺陷与故障造成的效率、成本、质量等方面的损失与浪费）。设备带缺陷运行是质量不良和成本偏高的背后隐因，设备故障是交付延迟的顽疾，设备缺陷与故障形成的浪费造成了"隐形工厂（第九大浪费）"。六西格玛就是针对系统性问题，通过过程与系统改善，消灭隐形浪费。该项目包以结果（零故障）为导向，用过程方法和六西格玛改善，实现卓越设备运行管理，见效快，成效卓著。

（4）智能化项目包。为期 2～3 年，为企业量身定制数字制造、数字管理系统，帮助企业推动两化融合，多快、好省地迈向工业 4.0。

（5）变革管理项目包，为期 2～3 年，帮助企业流程重组与革新，实现组织效率全面改善。帮助企业家与高管团队构建自我革新、自我变革的能力与机制。

（6）企业大学项目包，为期 1～2 年，帮助企业组建企业大学，建立自我学习的平台，建立学习型组织与文化，让企业人才辈出。

5. 企业托管：委派 1～3 人担任企业运营高管，在企业团队基本稳定的情况下，以委派高管为载体，直接植入现代系统解决方案。当企业运营管理转型成功与团队赋能完成之后，托管结束。

6. 股权投资：对行业前景看好，企业家发展前景看好的企业，在相互认可的基础上，进行股份合作，共同投资，共同发展。

公司的微信公众号：Ga20130717。

创始人简介

李新久，格艾（苏州）管理咨询有限公司创始人，变革管理首席顾问。他有工科专业背景，31年企业高层管理经验，曾服务于国有企业、上市公司和大型跨国公司，历任车间与厂办主任、经理、总经理、集团COO与CEO。对复杂组织管理潜心研究，将学习与实践提炼成理论，著有《系统管理的力量：做一个卓有成效的管理者》一书（2015年由北京大学出版社出版）。他将过程方法与系统管理方法应用到企业运营管理的方方面面，用过程方法提高企业内部运营管理的效率与确定性，通过内部确定性来应对由外部环境变化带来的企业运营管理发展的不确定性，用零故障系统管理模型消灭设备运行的隐形浪费（第九大浪费）。他是企业的金牌高级内训师，也是《企业管理》杂志的专栏作家。他将在企业管理中面对的问题及思考发表于《企业管理》杂志上，迄今为止，共发表管理文章四十余篇。他是湖北工业大学的外聘教授，中国管理科学研究院企业管理创新研究所学术委员。他还是一位学术型的企业高管，流程与系统管理专家。

作为恒安国际集团造纸运营分部总经理期间，李新久持续四年，每年为集团节省、降低成本亿元以上。在担任大跨国公司首席运营官和全球造纸事业部CEO的三年期间，李新久推动企业变革，在流程压扁与组织瘦身方面成效卓著，减员高达27.3%，降本增效累计达 20 多亿元，每年运营成本节省、降低高达 23% 以上，被评为"2016 年度该集团公司全球最佳 CEO"。他长期致力于学习型组织建设，推动"命令—控制"式管理向"教练—赋能"式的管理转变，推动"迎合＋恐吓"的领导方式向"策划人＋教练＋受托人"领导方式转变，推动员工与企业关系由雇佣关系向合伙合作关系转变，他是变革管理专家。

李新久的邮箱：2110516730@qq.com。

参考文献

1. 彼得·圣吉. 第五项修炼：学习型组织的艺术与实践［M］. 张成林，译. 北京：中信出版社，2009.
2. 李新久. 系统管理的力量：做一个卓有成效的管理者［M］. 北京：北京大学出版社，2015.
3. 肯·布兰佳，斯宾塞·约翰逊. 一分钟经理人［M］. 周品，译. 海口：南海出版公司，2015.
4. 约瑟夫·M.朱兰，约瑟夫·A.德费欧. 朱兰质量手册［M］. 焦叔斌，苏强，杨坤，等译. 北京：中国人民大学出版社，2014.